了不起的波力

The Next
Great
Paulie Fink

艾莉·班傑敏 @著
Ali Benjamin

王令翔 @譯

目次

導讀

當我們離開洞穴

文／黃淑貞（小兔子書坊店主）

　　一部看似簡單的故事，卻能伸出鬼魅般的勾爪，輕盈的打撈起讀者的內心祕密。

　　藉由學校傳奇人物波力的神祕消失作為起點，探究米契爾學校七年級學生如何陷入巨大的惶惑，轉學生凱琳如何被新同學收容了恐懼與擔憂。**不知從何而來的心魔總隱藏在少年內心深處，如同存在於房間的大象般總是默默存在著。**

　　少了波力的同學們彷彿失去了生命的一切，學校如空盪盪的草原。凱琳為了深入了解波力，找尋答案的過程裡，同時映照出自己的幽暗。其中，凱琳的自卑感與離斥感如同校園裡隨處可見的山羊群，以隨機亂竄的方式闖入凱琳的內在，逐漸蔓延與滲透。**直到她逐漸看見每位同學的獨特之處，直到她意識到能為廢校危機盡一己之力，直到她願意敞開心胸接納自己，發現終結孤單的方式亦即結合眾人之力，找到自己與團隊的定位，並且相信自己是獨特的。**

　　在本書中，以柏拉圖的洞穴寓言貫穿其中，不著痕跡的穿

針引線，總讓讀者連結書中每位人物的洞穴，思考自己的生命經驗。**原來，每個人都有自己的洞穴，即便是傳奇人物波力亦然如此。**每個人對於波力的認知截然不同，彷彿是瞎子摸象，即使細膩拼湊仍難以獲得完整圖像。其實，我們所知道的事物只是冰山一角，冰山下的一切仍得仰賴我們從不同角度加以質疑與挖掘。

　　此書最令人印象深刻的是「沒有人可以強迫我忘記自己是誰」。故事最終的羊群混亂現象充盈在我們的生命之中，諸如凱琳的轉學、同儕磨合、家人逝去等。**唯有每個人展現最勇敢、最完整的自己，混亂才會結束，迎接而來的是不同於以往的生命樣貌。**在情感關係被網路世界稀釋的世代裡，更可看見作者用心仿效故事的發展脈絡，創造人與人之間彼此互動的實體機會，例如從口耳傳說、寓言故事、訪談回顧、信件與書面資料等。最終，以詼諧趣味又饒富哲思方式終結了心魔，逐一輾碎微小的價值觀，重建更宏觀的世界觀。

　　《了不起的波力》始於一場不得不的個人競賽，終於歡樂獨特的團體競賽。心境上的轉變，暗示著「改變」將會讓一切混沌終究回歸圓滿。同時此書以減緩孤單，自我接納與同心協力為鹽糖香料加以調味，精心烹煮了一道暖暖內含光的美味精神食糧，餵養了讀者的靈魂。希冀此書能使讀者以多元的角度理解每個人的洞穴，願意牽引他人掙脫枷鎖，走出洞穴，親眼目睹那耀眼的晨光，探索嶄新的世界。

謬思女神、宙斯之後，
請為現世吾等講述古老故事，
引領我們追本溯源。

——荷馬《奧德賽》

「誰是下一個
了不起的波力・芬克」
大賽正式紀錄

參賽者

嘉比・艾密西

提摩西・博格斯

湯瑪斯・博格斯

亨利・卡迪納利

小柳・達斯

費歐娜・馮斯托

山姆・莫伊斯

莉迪雅・謝伊

狄亞哥・席瓦

由美・渡邊—彼得森

評審

凱琳・布林

比賽開始
〔開始錄音〕
九月二十五日，「波消後」（波力消失後）第四週

費歐娜：

　　來吧，凱琳。妳在等什麼？我們選了妳來帶頭，趕快開始吧！

凱琳：

　　好……呃……我該說什麼呢？

費歐娜：

　　說什麼都行？管他的，聽起來很正式就好了。語氣盡量激動一點，感覺比較不一樣。

凱琳：

　　好吧，那麼以下是「誰是下一個了不起的波力・芬克」大賽正式紀錄。本次比賽仿電視實境節目風格，舉辦者為米契爾學校七年級學生，又名「創校元老」，又名「洞穴人」，又名「一窩臭山羊」……

費歐娜：

　　喂，嘴巴別那麼壞。其實，沒差啦，我們選妳就是因為妳嘴巴很**壞**。繼續吧。

凱琳：

比賽會由在下凱琳‧布林來主持和記錄，我是米契爾學校七年級最晚加入的第十一位成員。我話說在前頭，才有記錄為憑，你們全都要我來主持，實在太荒謬了。一個月前，我根本就沒聽過波力‧芬克，也不認識你們任何一個人，而且——

創校元老：

凱—琳！凱—琳！凱—琳！

凱琳：

——我都在這裡主持大賽了，也不知道到底算比賽還是什麼其他活動，你們可以不要這樣鬧嗎？

創校元老：

凱—琳！凱—琳！凱—琳！

凱琳：

聽著，如果我要主持，我得多聽你們談談這位神祕的波力‧芬克。但是你們不停止吵鬧，我就沒辦法開始。所以你們可以安靜下來讓我開始嗎？拜託？

好，感謝大家。那麼，誰要先講？

訪問：狄亞哥

凱琳：

　　好，開始錄音了，狄亞哥。請説。

狄亞哥：

　　嘿哈，在下狄亞哥·席瓦——足球場之王、主攻球員、神之腳、靈動迅捷的神童——

凱琳：

　　狄亞哥，不要離題，好嗎？我們現在要聊的是波力·芬克。

狄亞哥：

　　也對。在下狄亞哥·席瓦，親自來聊聊舉世無雙的波力·芬克。在此我要告訴各位：那小子根本是神。

　　噢，凱琳，別那樣翻白眼！我不是説他是**上帝**。我的意思是，呃，他顯然不是。我是説他**很神**，完全不一樣。我也不是説他是巴西足球之神那種神，不是啦，波力根本不會踢足球。我説的是瑪格老師上人文課講的那些神，那些高坐在奧林帕斯山的眾神。那些神某方面來説就跟普通人一樣——他們老是搞砸事情，互找麻煩，有時候惡作劇起來玩得很瘋。但是他們也有一般人沒有的力量，能讓其他人陷入混亂。

　　波力就是這樣，他有本事搞得天下大亂。他有時會耍好玩

到很缺德的把戲。而他做的每件事，最後都讓我們其他人亂成
一團。

　　這小子是傳奇。我確信就是要這麼形容，波力‧芬克就是
傳奇的化身。

訪問：法拉畢老師

波力・芬克？不得了啊，那小子。

別誤會，我可不是說班上有這樣的學生是讓人開心的事。但身為全校的科學和數學老師，我發現自己很難不欣賞他的⋯⋯呃⋯⋯**創新思考**。

我是說，像是香蕉皮之亂？小朋友大進擊？還有跟葛博思校長的教室吃東西大戰？等等，妳還沒聽過這些事蹟？去問問同學。我想妳會發現，他的每一次惡作劇都展露了天才的一面。

我不是說像瑪麗・居禮、天文學家泰森或史蒂芬・霍金這樣的天才。他不像任何一位課本裡會出現的天才，波力・芬克比較像是所謂的⋯⋯邪惡天才。

訪問：費歐娜

他的雙眼很特別。就算闖了禍，就算葛博思校長朝他正臉搖著瘦骨嶙峋的手指，他的雙眼永遠閃閃發亮，彷彿大腦裡有一顆霓虹燈球轉個不停。

然後他就這樣消失不見。毫無預警。沒說再見。七年級開學第一天，波力沒來。

呼咻一聲。

不見了。

大家掰掰，你們繼續玩，我不奉陪啦。

我沒有不好的意思，凱琳，不過妳不可能替代他。老實說，我第一次看到妳的眼睛，我心裡就在想，**這下來了個從來不大笑的女生，她的人生遜斃了，一輩子都不曾大笑過。**

沒有波力的一天

話說從頭

　　如果整件事真的跟大家假裝的一樣，像一齣電視劇，那第一集就可能有一百萬種不同的開始。

　　例如，將時間拉回六月開始或許不錯，六年級學年即將結束，我回到家，老媽歡迎我的台詞大大不妙：**凱琳，我們要搬家了。** 不是**妳會不會想……？** 或是**妳覺得如何……？** 或是**妳有沒有考慮過……？** 連問都不問一聲。提起這件事時，她已經接下米契爾急診中心主任的新工作，已經通知她在那裡當專科護理師當了一輩子的醫院說要辭職，也已經在佛蒙特州的米契爾租了一間小房子。

　　換句話說，在一個鳥不生蛋的地方。

　　但這只是其中一種可能的開始，還有其他選項。像是開車來這裡途中，我們行經一面巨大的綠色招牌：**歡迎來到青山之州**。放眼望去，四周除了樹木和田野之外，什麼都沒有，我頓時醒悟：真的發生了。我必須裝睡，才能將臉埋進皺巴巴的老舊運動衫靠在車窗上，避開老媽的注意偷偷掉淚。等我再次睜眼，車子正行經一座廢棄工廠，磚塊上依稀可見「**佛蒙特州米契爾歐索普紡織廠**」的字樣。

　　或許可以從我第一次在新學校的校門口停下開始。無論如何，門牌寫著這是一間學校——**米契爾學校中學部、小學部及幼兒園**——但它看起來完全不像我看過的任何學校。這個地方比較像鬼屋：這座巨大木造房屋的護窗板破損，油漆剝落，外

牆上還有藤蔓蜿蜒攀附。靠近前門處有一口鐘，像是自由鐘的迷你版，旁邊的牌子寫著：**好日子鐘：覺得今天很美好就敲一下鐘。**

我記得自己心想：**好日子鐘，真是我這輩子看過最蠢的東西。**

很奇怪吧，要選出一個開始竟然這麼難。要開始講一個故事，有太多不同的方式。但要是我非選不可，我想我會從自己第一次看到好日子鐘的數分鐘後說起。我會從我根本不想搬來生活的一座城鎮裡，一間不像學校的學校裡一間不像教室的教室說起。

讓我們在那間教室暫停一下，環顧四周。很有可能，它跟你看過的任何教室都不一樣。有一座大理石壁爐，有一幅裱著金色畫框的老人肖像。一面玻璃花窗，上面的圖案是一群半裸小寶寶在空中飛翔。天花板裂痕斑駁，下方有一座巨大枝形吊燈懸掛在沉重的木桌上方。桌子周圍：十位七年級同學全部當場僵住。

他們全都瞪大了眼，二十雙眼睛死死盯著門口。無論看到的是什麼，他們都不喜歡。一點都不。

如果我們從再倒轉十秒鐘的地方開始，同一批人可能正歡聲雷動。一聽到有人敲教室的門，他們就開始鼓掌。他們聽到敲門聲，期待的是什麼神奇的事。他們興奮呼喊，舉手擊掌，「喔耶」和「唷呼」聲四起，可能甚至有人熱情高呼「**好戲上場！**」

不過，得說聲抱歉。這齣戲不是從歡呼聲開始的。是從教

室門推開到底之後開始，整間教室在那一刻頓時鴉雀無聲，詭異極了。

　　看看那些臉龐，所有人一下子從興奮轉為失望。每一個同學：那個粉紅色頭髮、懷裡抱著迷你吉他的女生。穿著足球衣的男生，一腿隨意的向旁邊伸直。推了推臉上那副過大藍框眼鏡的瘦弱男生。有三個同學戴著毛球耳朵髮箍，兩個長得一模一樣、身穿迷彩裝的男生，一個身穿薰衣草紫運動衫的女生，運動衫正面橫印著**超級巨星**，還有一個個子嬌小、臉上有雀斑的女生，她穿著亮紅色長褲套裝，好像萬聖節到了，而她決定扮成中年參議員。

　　不同的人，個子大小不同，膚色不同，風格不同，但是他們對於門口出現什麼的感覺似乎很一致。無論他們期待什麼，無論他們是為什麼而歡呼，總之不是**他們在門口看到的**。

　　他們盯著門口在看什麼？呃，說來很遺憾，他們是在看我，凱琳·布林。

　　嗨。我是凱琳。我是轉來米契爾學校的新同學。我喜歡一切各安其位，因為那是我知道自己有一席之地的方式。我不喜歡同學盯著我看的樣子，讓我覺得他們可以看透我，直直看進我最柔軟的內心。所以，此時，此地，很可能是我這輩子遇過最恐怖的一刻。

　　噢，那十個正盯著我看的同學是誰？他們是米契爾學校七年級所有學生，就在這裡——我，加上十個陌生人，他們似乎已經瞧不起我了，就算我跟他們是第一次見面。

　　穿著紅色長褲套裝的女生將頭歪向一邊。她目不轉睛盯著

我，皺了皺鼻子。

　「嗯，**妳**不是波力‧芬克。」她說。

老媽收到的電子郵件，寄信時間為六月下旬，
「波消前」（波力消失前）六十一天

收件者：溫蒂・布林
寄件者：葛博思校長

親愛的溫蒂：

　　我們已收到凱琳的轉學資料，很高興她將在秋季成為本校的七年級學生。如您所能想像，像我們這樣位於米契爾這個偏遠地方的小學校，新生實在不多見。本校七年級的學生人數較少，甚至難以組隊參加年度足球比賽對抗達富薩校隊。

　　您提到凱琳並不樂意搬家——我相信您所說她對於搬家的反應是「熱情積極可比被迫浸在冰水裡洗澡的野貓」。請安慰凱琳，她的新同學親切活潑——若要我坦誠以告，我或許會說有點過度活潑。我想您很快就能明白我的意思。

　　容我簡述一段歷史，幫助您更了解本校：在曾是全鎮規模最大企業的歐索普紡織廠關廠二十年後，本校即面臨資金不足，無法繼續營運。像我們這樣的鄉下小鎮，此種情況十分常見：由於人口持續流失，稅金減少，加上營運成本節節高漲，學校最後只能停辦。米契爾學校的建築物甚至遭到拆除。米契爾的孩子轉往聖約翰斯堡的學校念書。即使在天氣最好的季節，單趟車程也要近四十分鐘；冬季通勤的路途則風險極高。八年前，一群熱心的家長決定嘗試在鎮上興辦學院。興學仍屬實驗性質，小鎮學院的模式較有彈性，即使學生人數很少，仍

然能夠提供教育。這種作法，往往是鄉村社區在地辦學的最後機會。

　　歐索普紡織廠業者的後人將家族的舊屋宅慷慨捐贈給校方。老屋宅已經多年無人居住，要改裝成符合辦學用途，既要發揮創意，也要耗費不少體力。上課用的教室，是由從前的臥室和起居室改裝而成。本校並無體育館，另外還需打掉傭人房才有空間加蓋廁所。不過我們做到了！

　　本校最早僅設有幼兒園。興辦兩年內，我們有了幼兒園和小學部一年級。第三年，本校即包含幼兒園和小學部一、二年級。今年秋天，幼兒園第一批入學的學生就要上七年級了。

　　是的，您可以告訴凱琳，她的同學就是米契爾學校的第一屆學生。因此我們稱這群學生為「創校元老」……不過我想她之後會發現這個名號還有其他意思也很貼切。

　　期待於開學日與您們相見。

艾莉絲・葛博思
米契爾學校校長

訪問：提摩西、湯瑪斯和由美

凱琳：

　　好，那我要你們回想上個月，七年級開學的第一天。還記得你們在我敲門時是怎麼全班歡呼起來的嗎？

提摩西：

　　記得啊，我們以為是波力來了。我們等不及想知道他會做什麼迎接新學年。

湯瑪斯：

　　就像去年，六年級開學第一天他做的事。妳知道那件事嗎，凱琳？

由美：

　　波力做過什麼她都不知道。記得嗎？這就是為什麼要訪問我們。

湯瑪斯：

　　對哦。好吧，就是開學第一天，我們走進六年級教室，門上用膠帶貼了一張便條，上面的字跡是波力的。便條上寫著：**葛博思在辦公室發糖果。快去，不然會被其他年級吃光光！**

提摩西：

　　凱琳，妳應該知道，六年級的學生搶吃糖果，活像喪屍在

搶吃人腦⋯⋯

由美：

　　這個比喻讓人相當不安，不過怪有詩意的。

提摩西：

　　也是事實啊。所以我們全班衝到學校另一端，直闖葛博思的辦公室，嘴裡喊著：「嘿，葛博思，糖果在哪？」

湯瑪斯：

　　先透露一下：根本沒有糖果。只有葛博思，她站在辦公桌前面，看起來非常生氣。她的辦公桌很大──寬到其他地方放不下，只能擺在角落。無論如何，她開始對我們說教，叨念著什麼：「你們現在升上六年級啦⋯⋯記得要當學弟妹的好榜樣啦⋯⋯」

提摩西：

　　⋯⋯忽然，在她身後，辦公桌其中一個抽屜砰的一聲打開。出乎大家意料，幾乎像是被鬼拉開的。

湯瑪斯：

　　葛博思一開始沒有多想，她轉身關上抽屜。但是她才關上，又有**另一個**抽屜自己打開。她把那個抽屜也關上。然後，砰，又發生一樣的事。關上以後又一個打開。

由美：

　　最後，葛博思終於想到該檢查一下辦公桌**後方**。

提摩西：

　　波力‧芬克就是在這時候冒出來。他擠進辦公桌跟牆之間的空隙裡躲著，是他從後方把抽屜推開的。

由美：

　　跟波力做的其他事一樣，相當幼稚。不過也相當具有娛樂性。

湯瑪斯：

　　總之，等到**今**年開學第一天，我們猜想波力肯定又在搗蛋作怪才遲到。我們等不及想知道發生了什麼事。

提摩西：

　　結果卻是**妳**站在門口，凱琳。而且妳的表情活像是被人強逼吞鼻屎——

湯瑪斯：

　　還是泡在過期數十年美乃滋裡的鼻屎。

我不是他

嗯，妳不是波力・芬克。穿長褲套裝的女生是這麼說的。

我環顧教室，努力將一切盡收眼底：困惑表情，鬼屋氣氛，在場這些人就是所有的七年級學生。一名女子從教師辦公桌後方站起來。她個子嬌小，但她顯然決定以披掛層疊的衣物來彌補身高的不足——寬鬆飄逸的長褲、罩衫加上一英里長的大圍巾。

她輕飄飄的走到我身邊。「妳想必是凱琳！我是瑪格盧德老師，不過同學大都叫我瑪格。」接著她轉向全班。「各位同學，這是凱琳。她剛搬到米契爾，是不是很棒啊？」

就這樣，我正式成為「新同學」。

在我以前念的學校，每年總會有幾個新同學轉來。老師介紹他們時，不外乎說些**我知道各位同學會熱烈歡迎某某某，我相信大家一定會讓新同學知道，有新同學加入我們是多麼開心的事**之類的。但是大多數時候，我們對於有新同學要加入一點**都不開心**。我們忙著搞清楚他們是什麼樣的人，如何打入班上同學的圈子。新同學身上穿的如果是《星艦奇航記》T恤，我們就知道到了午餐時間，她在學校餐廳會跟科幻阿宅坐同一桌。如果是穿籃球褲、看起來像運動健將的男生，會跟四肢發達的傢伙坐一桌。整件事讓我想到那種硬幣分類機：拿一罐零錢，裡頭什麼幣值的硬幣都有，把零錢倒入機器，所有硬幣就在大概二十秒內分成整齊的數堆，所有的十美分硬幣一堆，所

有五美分、一美分和二十五美分硬幣也各成一堆。這就是中學給人的感覺：巨型分類機。

意思就是，大家這時候都在努力研究**我**該歸在哪一堆。

我的所有新同學瞪著我看。我嚥了口口水。足球男打了個嗝。接著兩個一模一樣的迷彩裝同學其中一人大喊：「可是波力去哪了？」

「對啊，」他的雙胞胎兄弟說：「為什麼波力還沒來？」

接著全班都開始嚷嚷這個名字。

「對啊，波力去哪了？」

「你覺得波力已經闖禍了？」

「呃哦，波力會怎麼辦！？」

接著褲裝女站起來，朝空中用力舉起拳頭。**「波—力！」** 她反覆呼喊。**「波—力！波—力！波—力！」**

忽然他們都跟著反覆喊起口號，像是要求讓明星球員上場比賽的球迷。他們看著我，彷彿是我不讓他們的明星上場。

「波—力！波—力！波—力！」

粉紅頭髮女生開始漫不經心彈奏懷中的迷你吉他，像是在創作搭配呼喊聲的樂曲。

有那麼一會兒，我放任自己想像自己其實不在當場。想像自己回到家，跟朋友在一起。我能想像以前學校七年級教室走廊的場景：朋友在置物櫃前面等我。我們湊到一塊兒，打量彼此返校的髮型和開學日的打扮，一邊瞄自己的課表看看哪些課會一起上。

就在這一秒，我意識到朋友們**正在**做這些事，只是我不能

跟他們一起。

我就是在那個當下覺得一陣哽咽，幾乎像是內心潰堤。

有時候，事情就是這樣。有時候，我心裡會淹成水鄉澤國。心湖激盪翻湧，感觸湧上心頭，我知道自己一不小心就會哭出來。我已經學會心湖氾濫時，有三件必須做的事：

一、盯著某個東西看，什麼東西都好。然後千萬別眨眼，一下都不行。我選擇盯著壁爐上的肖像畫，是某個眉毛粗濃、眼神冰冷的老人。畫框附有一大塊金色牌匾，上面刻著：**朱利烏斯·休威特·梅貝里·歐索普**，一八六九年生，一九三一年歿。

二、深呼吸。我採用老媽所謂「淨化式呼吸」——**鼻子吸氣，頭頂吐氣**——雖然嚴格來說不可能辦到。

三、變成石頭。我想像自己氾濫的心湖逐漸僵硬，變成某種稠密涼冷的東西，堅硬到我再也不會哭泣。

前兩招大家都知道。但是第三招是我自創的，也是效果最好的一招。如果你的心是石頭做的，那就什麼都傷害不了你。

「波力！」

那位瑪格老師肯定有一點同情我，因為她沒有強加那一套**「我知道大家會非常熱情的歡迎凱琳」**之類的說詞。她只是指著褲裝女和足球男中間那張椅子，要我坐下來。

終於讓全班靜下來之後，瑪格倚著壁爐。「創校元老，有消息要告訴你們。」她說。「基於某種原因，今年波力·芬克不在我的學生名單裡。看來他的學籍已經不在米契爾學校了。」

　　我隔壁的褲裝女再次從座位上跳起來，這次速度更快，椅子砰的翻倒。她兩手大力一攤，手背結結實實的打中我的額頭。「什麼？！」她大喊。「我是說……**什麼？！**」

　　「請坐下來，費歐娜。」瑪格平和的說。

　　「可是他**去**哪了？」粉紅頭問。她身上的Ｔ恤印著「**沒有藝術就沒有地球**」，手臂上戴著數不清的編織手環。

　　瑪格搖搖頭。「詳細情況我真的不知道，由美。我一拿到名單就再次確認過，顯然是這樣沒錯，波力·芬克不再是本校的學生了。我相信我們不久之後就會得知更多細節。」

　　「也許是他在惡作劇。」戴著同款毛球耳朵髮箍的三個同學裡，其中一個女生開口發言，她的臉頰紅潤，一頭紅髮鬈曲，嘴裡戴著全副牙套。另外兩個毛球髮箍男跟著點頭。很奇怪，因為這三個人看起來一點都不像──除了紅髮女生之外，另一個苗條的女生身穿瑜伽服，體態完美，還有一個同學看不出是女生還是男生，瘦骨如柴，頭髮剃得很短只剩髮根──但是不知怎麼的，你就是看得出來他們是三人組。也不只是因為三個人都戴毛球髮箍，是三個人彼此倚靠的樣子。看得出來他們打從出生就認識。

　　「對啊。」穿著**超級巨星**運動衫的女生忽然開口。她的深色頭髮紮成高高的馬尾，甩向四面八方。「也許波力想要讓我們以為他失蹤了，但只是精采計畫中的一部分！」

　　全班再次開始大喊大叫。

　　「**我是說，沒有人能夠憑空消失！**」

　　「**如果他真的要離開，他會告訴我們的，對吧？**」

「**要是沒有波力，這裡就全變樣了！**」

接著門咿呀開啟，整間教室立刻鴉雀無聲。從大家臉上的表情，我心裡半是期待壞心老頭朱利烏斯‧歐索普的鬼魂會從門縫飄進來。

事實上，這麼形容和**實際**發生的也相去不遠。探頭進教室的不是鬼魂，是巫婆。

穿黃色長靴的巫婆

巫婆環顧教室，一臉狐疑。她穿著深色外套和深色襯衫，搽深色口紅，頭髮也是深色的，眉上的劉海剪齊。我甚至可以看見在她的一側太陽穴，深色血管如細小手指般突突搏動。

「為什麼大吵大鬧，創校元老？」她問。「我在樓下辦公室都聽得到你們的聲音！」

「我剛剛告訴他們波力的消息，葛博思女士。」瑪格說。「他們有一點難過，就這樣。」

巫婆嘴角的深刻紋路向下垂。她瞪大眼睛環視教室一圈，目光最後落在我身上。「妳一定是凱琳。」她說，語氣不帶一絲暖意。「我是葛博思，米契爾學校的校長。」她邁步穿越整間教室來和我握手，我就是在這時候注意到一件有趣的事。她的上半身看起來可能很像巫婆，不過她的下半身看起來像是截然不同的另一個人。她穿著破爛的牛仔褲，膝蓋上還沾了泥巴。褲腳則塞在亮黃色的橡膠長靴裡。整體效果就像是那種翻頁配對遊戲書，翻動書中的掀頁就能組合出不同的裝扮。

我猜她發現我注意到她的長靴了，因為她有些輕快的說了一句：「我早上大部分時間都在幫忙搞定山羊。」

我勉強露出微笑，因為我猜想她是想說個笑話。**幫忙搞定山羊**。也許她這麼說，是因為學生是小鬼，而小鬼可以指小孩，也可以指小山羊？**我也不知道，葛博思校長，也許您會想再多琢磨您的笑話段子。**

足球男說：「嘿，葛博思女士，波力人呢？」

「學籍紀錄不外洩，狄亞哥。」她的回答很簡短。「即使是在像我們這麼小的社區裡。」

「等等。」費歐娜說，她再次從座位上站起來。「您甚至不打算告訴我們他在哪裡？是在**開玩笑嗎？**」

但是葛博思校長已經走出教室，來也突然，去也突然。

好不容易安撫了全班同學，瑪格說明自己除了擔任七年級導師，也負責教我們涵括各種主題但統稱為「人文學科」的科目。

「人文學科結合歷史、神話、哲學和語文課，要講的是人們口耳相傳的故事，人們如何生活，他們在想什麼，有什麼樣的價值觀。歸根究柢來說是一種探索的方式，要探索『**什麼是人？**』這個問題。我們去年討論過古代中國和中東，今年從古希臘講起，就從神話開始。」

她開始講奧林帕斯山上的男神和女神，戴藍色大眼鏡的男生插嘴。「有十二個神。」他宣布。「宙斯是眾神之王。有智慧之神雅典娜，有海神波賽頓和戰神阿瑞斯，還有──」

「沒錯，亨利。」瑪格打斷他。「但在我們了解每個神的細節之前，有一點很重要，就是要了解希臘人不會覺得這些神離他們很遙遠。希臘人相信，眾神會干預凡人的日常事務⋯⋯」

瑪格說話時，費歐娜傾身越過我跟狄亞哥講悄悄話，好像我根本不存在：「你注意到了，對吧？葛博思遊走離開教室的

樣子，避開任何跟波力有關的問題？她根本是條蛇，她就是。
她是蛇，還是……還是……**逃躲避的人。**」

接著狄亞哥也傾身越過我前面。「**逃躲避的人？**」他取
笑。

「噢，別挑我毛病了，狄亞哥。」費歐娜回嘴。「我們現在
可是面對波力失蹤的重大危機。」

「我只是想說沒這個詞。」他說。

坐在狄亞哥另一邊的粉紅頭由美也加入對話。「嗯，嚴格
來說是有『**逃躲避的人**』這個詞，意思是逃避愛躲避的人。」

費歐娜從座位上站起來想和由美擊掌。「謝謝妳，由美！
姊妹團結力量大，有道理吧？」但是由美不搭理她，自顧自繼
續彈奏樂器。

「由美，課堂上不要彈奏烏克麗麗。」瑪格說。「還有費歐
娜，如果妳不安靜坐好，我就得請妳去找葛博思校長了。我剛
剛在講的是：希臘神話以故事的形式世代相傳……」

狄亞哥再次傾身越過我，悄聲對費歐娜說：「哈，剛開始
上課妳就惹禍！」

「哪有！」費歐娜堅稱，嗓門有點大。

「費歐娜。」瑪格語帶警告。

費歐娜在位子上坐直，但等瑪格轉開頭，費歐娜立刻悄聲
對狄亞哥說：「目前瑪格只叫了我的名字**兩次**，要被老師叫三
次名字才算惹禍。」

狄亞哥一臉懷疑。「我不確定是不是這樣算的……」

「**也**可以這樣算。」

　　坐在費歐娜另一側的巨星Ｔ恤女傾身靠過來。「其實，我覺得狄亞哥是對的。」

　　費歐娜猛然轉身，怒瞪巨星Ｔ恤女。「妳竟敢跟他同一國，嘉比。妳應該要當**好人**才對。」

　　瑪格話講到一半就停住。「**費歐娜**。」她惱怒的說。

　　狄亞哥大力拍桌。「**這下三次了**！砰！真的大禍臨頭囉！」

　　「誰**在乎**什麼大禍？」費歐娜拉高嗓門。她環顧教室一圈。「我們的同學不見了！就目前所知，我們可能再也看不到他！」

　　全班同學就在此時開始大聲嚷嚷，提出一大堆這位波力·芬克同學出了什麼事的理論。一片鬧烘烘的，很難聽出在講什麼，但是我很確定我聽到有人說「傳送到外太空！」跟「被葛博思鎖在櫃子裡！」

　　由美翻了個白眼，又開始彈她的烏克麗麗。我看到大桌對面的萬事通亨利打開一本《一○○一自然百科》，彷彿並未發生任何混亂。他皺著眉頭十分專注，像是在念書準備考試。

　　至於我？我只是坐在那裡，什麼人都不是。大家根本無視我的存在。

規則

我伸手到連帽運動衣口袋，摸索摺起的紙片。我不需要打開紙片，上面寫的我熟記在心。搬家之前，我的好朋友每個人給我一項建議，他們把建議整理成清單。我將紙片夾在指間，好像它是某種幸運符。

凱琳的生活規則

如何在七年級出奇制勝

1. 留給大家超棒的第一印象。記住，只有一次機會！

2. 情況不明，沉默是金。大家會認為妳很神祕之類的。而且，少說少錯，總比說錯話還得補救要容易一點。

3. 擺出不甩任何人的樣子。想引起大家的關注，最好的方法就是表現出對他們一點興趣都沒有。

4. 哈哈，記得妳的硬幣理論嗎？中學就是將大家分成不同堆硬幣的機器？千萬要讓所有人記住：妳是銀色的一美元硬幣！

5. 比賽就是要贏！妳可以的！！

6. **不管做什麼，千萬別讓自己丟臉。別跟安娜・史潘一樣！**

安娜在六年級開學數週之後轉來。老師們照例說些「**相信大家會很歡迎新同學**」云云的時候，她飛快瞟了全班一眼。我

們立刻就看得出來：安娜在學校餐廳不會跟任何人坐同一桌。在中學這部硬幣分類機裡，她是一枚無從歸類的硬幣。

　　我現在也有這種感覺。我坐在這裡緊抓口袋裡的規則，所有人大喊大叫從我前面經過，沒有一個跟我說話：我感覺像是沒有任何同類的硬幣。我覺得自己就像安娜·史潘。

　　留給大家超棒的第一印象，規則裡寫著。但是顯然我根本沒能留給大家任何印象。

訪問：嘉比

我是熟知如何讓大家印象深刻的專家。我不是說自己能留給大家多麼深刻的印象，我這麼說，是因為我基本上是《誰是下一個超級巨星》節目的**頭號粉絲**。這是全天下最棒的實境秀，問我就對了──不管是《美國隱士》、《男子漢與小娃兒》、《祕密身分：超級英雄？》、《究極剪貼手工藝》、《阿嬤超狂》、《亂入搶鏡大作戰》、《垃圾挖寶女王》還是其他一大堆實境節目，我幾乎全都看過。

就像我說的，我是專家無誤。

《超級巨星》帶給我的其中一個啟示是：第一印象未必能告訴你一個角色是什麼樣的人。當然，有些人，像是永遠的超級無敵巨星爵黛麗熙，一出場就大獲成功。其他人則是不鳴則已，一鳴驚人。

但是每次有新角色登場，或是有角色遭到淘汰的時候？情況會有所變化。有時候變好，有時候變壞。至於有角色消失的時候呢，像是波力不見？而另外一個角色就像凱琳妳一樣，從門口輕快走進來？

就像我外婆說的：「丫頭，把那個大大的粉紅豬撲滿拿出來。什麼都是說變就變。」

訪問：費歐娜

凱琳：

妳那天因為波力沒來，心情不太好，好像根本沒辦法專心去想任何事。

費歐娜：

當然啊，我心情很差！波力是有史以來學校裡唯一一個闖的禍比我還多的人。

凱琳，妳不明白。打從我出生開始，我媽就一直念說我要注意聽是不是有人喊我的名字。如果一堂課聽到自己的名字超過三次，就表示那天闖了大禍。我跟妳說，老是有人在叫我的名字。**費歐娜，坐好不要亂動。費歐娜，不要在課本上亂畫。費歐娜，不要把沙子舀到玩沙桌外面。費歐娜，不准為了試試飛起來的感覺就從溜滑梯上往下跳。費歐娜親愛的，妳弄得渾身都是血了。費歐娜費歐娜費歐娜費歐娜。**

記得三年級學五個一組的畫記符號，全班要挑生活中的某個事物來練習，我就把大人一天之內叫我名字的次數畫記。猜猜看我那一天累積了幾個畫記符號？

凱琳：

我不知道。十個？十五個？

費歐娜：

　　五十七！一天之內！發現自己闖了那麼多禍，我以前會有點良心不安。但後來我聽說一句話，**創造歷史的女人沒幾個乖乖牌。**

　　好吧。這麼說吧，我一直都在成功改寫歷史的捷徑上。等我辦到的那一天，我就要搬到大城市，某一天突然坐豪華轎車回到米契爾，大家會七嘴八舌問說：**記得妳以前老是闖禍的時候嗎？**我會回答：**我真的不記得了。**

凱琳：

　　費歐娜，妳還記得我們本來在講波力·芬克的事嗎？

費歐娜：

　　我**是**在聊波力·芬克啊！因為妳知道嗎？四年級某一天，我又數了一次，那天我只聽到二十二次我的名字。老實說，我不覺得是因為我變得比較守規矩。是因為波力在那一年搬來鎮上。老師們全都忙著喊**他的**名字，根本沒空叫我。我想妳可以說波力是我進步的動力。

凱琳：

　　所以妳是說……開學日那天，妳覺得妳有點**需要**波力？

費歐娜：

　　嗯，我是說，不只是我。大家的人生中不都有一點需要波力·芬克嗎？

舞會

　　整個開學日上午，感覺像一個以慢動作進行、不怎麼美好的夢。米契爾勉強像是學校，有班級跟學生之類的，但差不多是你在遊樂園哈哈鏡裡看到的倒影跟你自己那種相像。一切都扭曲變形，比例全都錯了。讓我有種像是暈船般的暈眩感。

　　而且，有太多事都讓人想不通。首先，我的新同學。除了足球男狄亞哥、褲裝女費歐娜、粉紅頭由美、好人嘉比和萬事通亨利，我得知穿迷彩裝的雙胞胎是提摩西和湯瑪斯，而毛球耳朵髮箍三人組是莉迪雅（鬈曲紅頭髮）、小柳（瑜伽裝苗條女）和山姆（頭髮剃超短）。我也得知那些毛球耳朵其實應該是龍的耳朵，因為他們熱愛玩某種神話生物角色扮演遊戲。

　　但就算知道名字，我還是無法分辨他們屬於哪一類。以費歐娜為例：要嘛她身上的紅色套裝是某種戲服，要嘛她跟安娜‧史潘一樣格格不入。如果說她是另一個安娜，那為什麼其他人還是跟她講話，包括帥氣的運動男孩狄亞哥？這裡的人不知道物以類聚嗎？

　　這間學校還有一百萬個地方都跟我以前的學校不一樣。比方說，米契爾學校非常小，小到我們整天就是來來回回輪流上瑪格和法拉畢老師的課，法拉畢教數學和科學，不過也剛好是體操老師跟足球教練。

　　瑪格告訴我們應該到足球場去上科學課時，我確認了一下，課表上無疑寫著科學課，但是每個人都表現得一切再正常

不過。

　　我跟著其他人穿越曲折幽暗如同迷宮、覆滿壁紙處處灰塵的走廊，終於來到幾扇落地窗前，接著所有人都衝向室外。

　　我以為到外面會看到足球場。但視線所及之處是一片遍布殘破雕像的草地，所有雕像的衣袍都呈垂墜風。大多數雕像不是缺手缺腳，就是臉孔被削掉部分。有一條鋪石小徑蜿蜒穿過雕像之間，草地兩旁種了成排樹木，柳樹枝條低垂，松樹暗影幢幢。我發誓，如果是電影裡一群人聚集在像這樣的地方，你就知道隨時會有木乃伊還是什麼東西跳出來追著他們跑。

　　但到了這裡，一切又變得更詭異了。沿著小徑向前走的途中，費歐娜大喊：「開舞會！學狄亞哥！」

　　全班忽然開始前後搖晃雙肩並放鬆手臂甩動。接著狄亞哥大喊：「學由美！」大家於是高舉手臂在頭上隨意繞圈。由美吆喝：「學費歐娜！」然後他們全都開始飛快上下蹦跳，活像一群過動的兔子。

　　我轉向嘉比。**她是好人**。「這是怎麼回事？」

　　嘉比解釋說全班每個人都有自己的招牌舞蹈。「如果叫到妳的名字，大家就會跳妳的招牌舞蹈，然後妳可以再喊下一個人的名字，明白嗎？別擔心，妳很快就會有自己的招牌動作。現在跟著跳就好。」

　　我沒有跟著跳，反而想著口袋裡的規則。**千萬別讓自己丟臉**。只是他們看起來一點都不覺得丟臉，還玩得好開心。

　　費歐娜大喊：「波力！」大家忽然在同一時間各自做出不同的動作。嘉比解釋說波力舞的動作一直換，所以喊到波力的

名字表示大家可以隨意手舞足蹈。最後，費歐娜說：「算了，我忘了他根本不在場。那就……提摩西！」接著所有人都像灑水器一樣揮動手臂。

「我們……在紐約……不會這麼做。」我告訴嘉比。

她的灑水動作忽然停住。「妳是從紐約來的？紐約市那個紐約？」

其實不是。我跟老媽住的地方離紐約市相當遠，我這輩子只去曼哈頓玩過幾次。但是我發現自己點點頭。「是啊。」我隨口說。接著我補充說了「紐約市」，只是為了感受一下聽起來如何。

「妳在那裡看過爵黛麗熙嗎？」

「誰？」

「妳知道的，爵黛麗熙？《誰是下一個超級巨星》？那個電視節目？」

「沒聽過。」我幾乎是每講一句話就撒一次謊，這是第二次。我當然聽過《超級巨星》這個節目，這是有史以來最熱門的實境秀。雖然是數年前播出的，我在網路上看過好幾集舊的。但是我不想讓嘉比知道。

「沒**聽**過？」嘉比瞠目結舌。「噢，妳非看不可。這節目**超棒**的！第二季最精采。爵黛麗熙就是第二季的冠軍，以前從來沒有人**聽說過**爵黛麗熙，現在她自己推出香水跟服裝品牌，雜誌上都是她的照片。」

接著她開始告訴我她最愛哪幾集。「我想我最喜歡的一集，是爵黛麗熙被告知要唱歌給全世界最嚴苛的觀眾聽，她以

為會是某個大明星，被帶到表演廳才發現觀眾席上全是在大哭的小小孩。我外婆最喜歡的一集是爵黛麗熙終於要對抗她的宿敵雷克斯・洛迪，他**最可惡**。」

嘉比說話時，我看著費歐娜和狄亞哥。他們邊跳舞邊互相取笑。「呃，」我打斷她的話，「那兩個人是怎麼回事？他們是朋友還是敵人還是怎麼樣？」

嘉比告訴我他們從小就是好朋友，但也老是打打鬧鬧。「他們就有點，妳知道，亦敵亦友，不過是正面的。」

「費歐娜那身詭異的套裝又是怎麼回事？」我問。顯然有點太大聲。

「喂，費歐娜。」雙胞胎其中一位大喊。「新同學想知道妳那身詭異的套裝是怎麼回事。」

費歐娜猛然轉身，兩手扠腰，瞪著我。「**詭異的套裝**，妳想表達什麼？」

「我是想說──是玩什麼大冒險嗎？」

費歐娜站得更挺直一點。「為什麼是玩**大冒險**？我穿這樣是因為我是強壯又有力量的女人。」

狄亞哥用手肘頂了她一下。「強壯又有力量，而且**一天到晚闖禍**的女人。」

她轉向狄亞哥。「我跟你解釋好幾百次了，狄亞哥。**創造歷史的女人沒幾個乖乖牌**。」然後她將注意力轉回我身上。「我先鄭重聲明，這身套裝是**很有殺氣**沒錯。」她說這句話時信心十足，我不禁暗想有沒有可能**她**才是那枚銀幣。

情況不明，沉默是金。我沒再說什麼──不管是所有人又

開始跳舞，或我們經過一個全是小小孩的遊戲區，或看到遊戲
區再過去就是一個廢棄玩具場的時候。有一輛輪胎不見的卡
車，一只把手壞掉的塑膠水桶，和一個老舊籃球框的底座。

「嘿！」費歐娜大喊，她的語氣一下子變得輕快，好像兩
秒鐘前對我發脾氣的事從不曾發生。她指著地面凹凸不平的足
球場遠遠的那一端。「他們在那裡！」

我順著她指的方向看去，就在那時我記起葛博思校長的笑
話，我以為她是在講**小孩跟小山羊**的雙關語。**我早上大部分時
間都在幫忙搞定山羊。**

我想這不是笑話。因為那正是費歐娜手指著的：圍欄裡頭
全是山羊。

真的山羊，活蹦亂跳。

新頭號死敵

「山羊！」班上同學走向圈欄時口裡不斷高喊。「山羊！山羊！山羊！」

有個男人在羊欄旁邊等著，手裡提著桶子。他的鬍鬚修剪得很整齊，身上法蘭絨襯衫領口繫著蝴蝶結，長褲顏色和番茄醬一樣，工作靴上沾滿泥巴塊。伐木工人跟教授的混合體。伐木巨人保羅·班揚跟高爾夫球星的混合體。他就像這個地方的其他人事物，很難確切分類。這就是法拉畢老師。

他很快向我自我介紹，然後張開雙臂。「創校元老，歡迎來上七年級科學課！」在他身後一座看起來不堪一擊的移動式圍欄裡，十幾隻山羊跑來跑去，瘋狂的大聲咩咩叫。「在跟大家聊聊科學，或是我後面這些躁動的神奇生物之前，」法拉畢老師說：「我想先講一下年度足球比賽，我們的對手是達富薩校隊。」

全班開始發出噓聲。費歐娜嘀咕著：「一群勢利鬼！」

「大多數同學都知道，」法拉畢老師接著說：「由於鼠李和忍冬灌木叢持續增長，足球場每年都在縮小。我們每年都砍掉多長的樹叢，但是對於我們的努力，它們的回應是每年必定長得更健壯、更茂密。大家肯定還記得，去年矮樹叢長得太茂盛，甚至到了我們的頭號敵人，說得公道點也是我們唯一的敵人，拒絕在我們學校球場比賽的程度。」

所有人再次發出噓聲，費歐娜傾身靠近我。「他們要求我

們到他們學校的高級球場比賽。」她說。「說他們擔心比賽時**會受傷**。」

「誰?」我輕聲回問。

「**達富薩**。他們勢利得不得了,我們最痛恨他們。」費歐娜接著對其他同學大喊:「我們最痛恨達富薩了,大家說對不對?」

「不好意思,我們**不痛恨任何人**。」法拉畢老師說。他嚴肅的看了費歐娜一眼。「但是今年,我非常希望球賽能在我們自家主場舉辦。我剛好知道一個小祕密:山羊是自然界最棒的推土機。據估計,十幾隻山羊,也就是我們這裡的山羊數量,一個月可以清掉半英畝的地。我們跟達富薩的比賽預計在十月二十七日舉行,大概還有兩個月的時間,表示我的計算如果正確,我們這裡的毛茸茸小朋友應該來得及把球場邊緣清乾淨,讓你們能留在主場和達富薩比賽。誰知道……也許我們最後能贏得比賽!」

他告訴我們,每隔幾天就要將羊圈圍欄搬動到新的地點,直到將球場邊緣全部清乾淨。「比賽結束後,山羊會留下來,在學校一直待到年底。」法拉畢老師繼續說。「牠們不只讓我們有機會學習生態系統和棲地,還有我最愛說的:**責任**。因為這群山羊要由各位米契爾年紀最大的學生負責照顧,我們要幫牠們在飲食中補充含穀物的飼料,就由你們來餵食。週間每天都要餵,一年三百六十五天。大家準備好要學怎麼餵山羊了嗎?」

大家走近羊欄時,我新學到一件事:山羊很臭。牠們聞起

來像是有人沒洗澡時頭髮的臭味，混合我媽有時抹在蘇打餅乾上那種白色軟乳酪的氣味。

　　不過我得承認，牠們滿可愛的。至少小羊很可愛。小羊會像小狗一樣玩耍，牠們蹦蹦跳跳，互相碰頭和追逐。年紀比較大的山羊大都只是站在一旁，邊咩咩叫邊反覆咬嚼。

　　羊欄裡比較遠的那一端有一隻山羊身軀龐大，看起來脾氣很差。牠身上的長羊毛纏結垂落，頭上的巨大犄角像蝸牛殼一樣呈螺旋形向後捲曲。大山羊瞪著我看——就好像直直望進我的眼裡——然後發出一聲低沉的咩叫，還吐出舌頭。好像是說：**我要妳滾開。對，就是針對妳。**

　　我瞪回去，心想：**好啊，大傢伙，你滾我就滾。**

　　法拉畢老師提起一桶飼料，踏進羊欄，朝四個空碗靠近。羊群立刻將他包圍。不管他轉往什麼方向，羊群都跟著。牠們爭先恐後互相推擠，努力想要靠食物近一點。

　　「看到了嗎？」他說，大笑著。「如果讓牠們看到你進來，你根本別想走到飼料碗旁邊。所以說每次要餵飼料的時候，你們之中大多數人要負責引開羊群，讓一位勇敢的創校元老同學悄悄走到碗旁加滿飼料。」

　　「噢，波力肯定愛死這種事。」狄亞哥說。

　　「他也會做出很荒謬的事。」由美說。「像是有一天我們到學校，然後圍欄裡的山羊全都消失不見……」

　　「……因為他把牠們全都帶到葛博思校長的辦公室了！」山姆接話講完。

　　我的思緒飄到打算傳給家鄉朋友聊這件事的訊息。**我發**

誓，一定要告訴她們。**真的有群山羊。**

　　我想著家鄉的事，沒注意到其中一隻山羊，就是那隻大醜八怪，正從羊欄另一頭朝我們移動。牠先是用走的，接著邁開步子小跑。

　　然後牠加速奔跑，低垂著頭。

　　等我意識到發生什麼事，已經太遲了。牠頭頂的螺旋狀羊角穿過圍欄，狠狠撞擊我的兩腿。我踉蹌後退，腳一下子踩空。

　　眾目睽睽之下，我一屁股坐倒在地。

我做了個決定

「看到了嗎？」費歐娜問。「她向後飛了整整十英尺那麼遠！」

我專注的盯著自己的球鞋看。**別眨眼睛。別眨眼睛。**

我深深吸一口氣之後再緩緩吐氣，是那種具有淨化效果的深呼吸，努力找到心底那顆堅硬的石頭，它可以保護我。但是屁股坐倒在地的部位好痛，而且雙眼熱辣，那些可惡的山羊還在咩咩叫個沒完，山羊的叫聲跟同學的笑聲變得難以區分。

人在羊欄裡的法拉畢老師大喊：「誰能幫忙凱琳一下？」

萬事通眼鏡男亨利走了過來。他伸長手臂，準備要扶我站起來。

「我沒事。」我粗聲說。

他放下手臂，但是沒離開。「妳知道山羊有四個胃嗎？」

我站著，拍掉身上的泥土，撥了撥頭髮，試圖找回一點尊嚴。「嚴格來說，」亨利補充，「牠們只有一個胃，只是分隔成四個腔室，牛也一樣。長頸鹿也一樣，很有趣吧。」

「所以呢？」我問。我的語氣凶巴巴的，但總比哭出來好。幾乎像是憤怒可以贏過傷心，就像石頭贏過剪刀，而布贏過石頭。

亨利推了推鼻梁上的眼鏡。「所以牠們全都是反芻動物。此外，山羊的視野範圍達到三百四十度。」他只是站在那裡對著我眨眼，好像已經幫上一點忙。

　　科學課下課後，我們準備回教室，亨利仍滔滔不絕發表關於山羊的新知。就在這個時候，我開始隱約擔心起午餐時間跟誰坐同桌的問題。我會不得不跟亨利坐同桌，聽他喋喋不休大聊山羊還什麼鬼嗎？我知道我不該想去跟戴毛球髮箍的同學坐同桌──三人行保證、絕對容不下第四者。由美對我來說有一點遙不可及，費歐娜常常反應太過激烈，讓人摸不著頭緒。當然我絕不可能想跟男生坐同桌。如此一來，大概只剩一個人可選：嘉比。

　　到了午餐時間，沒有人找我跟他們一起，獨自吃午飯是最差的選項。跟在其他人後面走向自助餐廳途中，我轉向嘉比問她能不能跟她坐同桌，開口時有一點太急。

　　「不行。」她說。**但妳不是好人嗎**，我心想。我的表情肯定洩漏了我心裡的想法，因為嘉比露出微笑。「凱琳，我的意思是，要是我能的話當然可以，但是我沒辦法。」

　　走在我們前面的山姆轉過頭來。「因為我們的『小朋友』需要我們。」

　　「我們的……**什麼**？」

　　「小朋友！」嘉比說。「妳看，每一桌都坐了至少一名不同年級的學生，概念是讓每個人都有機會認識其他人。我們是全校年紀最大的學生，當然就由我們來負責照顧年紀小的學弟妹。我們就是他們正式的**好夥伴**。」

　　等我們抵達自助餐廳──這裡當然完全不像自助餐廳，比

較像是房子的中庭，四面的窗戶比牆壁還多。

「那邊，去看一下上面的名單。」嘉比說，邊指著牆上的海報。「名單上會告訴妳接下來幾個月午餐時坐哪一桌。然後妳去找幼兒園的涂林老師，告訴他妳的桌號，他會介紹妳認識分配到坐那桌的小朋友。妳的工作就是跟他們坐同桌，幫忙照顧他們。」

「所以我們就像……免費保母？」我問。

由美轉了轉眼珠。「我想這樣去理解也是可以。」

「沒什麼大不了的。」費歐娜說。「只要幫忙打開牛奶盒，提醒他們要吃飯。」

「偶爾幫他們撥掉沾在頭髮上的鮪魚，或是幫忙擦掉鼻涕什麼的。」狄亞哥補充。

「鮪魚和鼻涕最恐怖。」莉迪雅分享心得。「其他就還好，有時候甚至滿好玩的。」

哪裡好玩，我心想。午餐時間跟朋友聊天才好玩。餵山羊哪裡好玩，被迫當保母哪裡好玩，這些最基本的事，我不懂為什麼你們似乎沒有一個人明白。

「可是……」我說：「在真正的學校，你可以坐在任何自己想坐的地方。」但是他們已經散開來，各自去找他們的小朋友了。

分配到和我同桌的孩子叫作琪拉。她穿著蓬蓬裙洋裝，頭髮向後綰起紮成兩個丸子頭，像老鼠耳朵。她一手拿著中午的便當盒，另一手緊抓著一隻兔子布偶。

涂林老師介紹我們認識時，她只是站在那裡盯著自己的

腳。

「呃⋯⋯那就⋯⋯跟我來？」我說，尾音上揚像是在詢問。

在我們坐的這一桌，不同年紀的孩子開心的嘰嘰喳喳，彷彿不同年級的學生混在一起是再正常不過的事。我朝周圍瞥了一眼。其他七年級同學基於某種原因，看起來全都非常樂意跟他們的夥伴相處。就連亨利都一派輕鬆，他在念小百科給他的小朋友聽。我的小朋友只是一直盯著自己的大腿。

「妳——呃——需要我幫忙打開牛奶盒或什麼的嗎？」我問琪拉。她沒有回答，一動也不動。我在想自己好像滿一歲以後就沒跟任何幼兒說過話了。

我再試一遍。「呃⋯⋯我，呃，很喜歡妳的兔子布偶。他有名字嗎？」

「他的名字是兔兔。」她說。

接著她小聲說了些什麼，我聽不太清楚。我向她湊近。「妳剛剛說什麼？」

她再次小聲的說：「而且他是真的。」

「喔哦。」我說。「嗯，對。好的⋯⋯呃⋯⋯妳知道嗎？真的兔子需要吃東西跟喝水。如果妳問我，我會說真兔兔看起來有一點口渴。」

我照著費歐娜說的，幫琪拉打開牛奶盒開口。我先把牛奶盒拿到兔子嘴巴旁邊，假裝他喝了一小口牛奶。然後我把牛奶盒拿到琪拉面前。她喝了非常小的一口，然後又小小聲的說：「我想念媽咪。」

「是啊。」我嚥了口口水之後才說：「我想念一切。」

　　我真的想念一切。我想念知道要找誰說話，或者要跟他們聊什麼的時候。我想念知道自己要去哪裡的時候，而不是只能跟著別人走。此時此刻，我甚至想念起老媽，雖然我很氣她，我之所以在這裡，全是因為她。

　　我最想念的，是不用覺得自己活像外星人努力想在陌生的星球找到方向。

　　葛博思校長輕飄飄的走進自助餐廳，腳上還是穿著那雙黃色靴子。她用一根木頭湯匙敲響鍋子，直到所有人都安靜下來。「新的學年開始了。」她說。「歡迎新來的山羊群。歡迎我們的新同學：七年級的凱琳‧布林──凱琳，妳可以跟大家揮揮手嗎？──還有三年級的阿隆索‧費洛尼，當然也要熱烈歡迎我們的幼兒園園生。」

　　接著她開始向幼兒園園生介紹學校門口的好日子鐘，就是我今天早上注意到的那口鐘。每天下午放學的時候，如果你覺得度過美好的一天，就應該去敲一下鐘。「我希望每天都能聽到好多次鐘響！」

　　在自助餐廳另一頭，費歐娜的小朋友舉手。「要是我們覺得這一天過得不好呢？」他問。葛博思露出僵硬緊繃的微笑，是大人在小孩子問了蠢問題時勉強露出的那種表情。她告訴他，他就不用敲鐘；由他自己決定。

　　然後其他所有小朋友都開始發問：要是這一天有好也有不好呢？要是這一天很美好他們卻沒心情敲鐘呢？要是這一天並不美好，但是他們忘記了，還是不小心敲了一下鐘呢？最後葛博思點名叫了一個小男孩，他把裝點心的塑膠袋拿得高高的。

「我爸爸幫我裝了金魚餅乾當午餐。」他沒頭沒腦的大聲宣布。於是其他小孩也有樣學樣，搶著告訴葛博思他們的便當盒裡裝了什麼。這下子，葛博思校長的笑臉已經緊繃到媲美鼓面了。

我瞄了琪拉一眼。她還是將兔子布偶緊抱在胸前，鼻子下面還多了一道往下流到嘴唇的鼻涕。我做了個鬼臉，然後抓了張餐巾紙，伸手過去要幫她擦乾淨。

就在那一刻，我做了個決定。老媽可以強迫我搬到佛蒙特。她可以把我送來這所學校，這個什麼都不按牌理出牌的地方，唯一半正常的人是臉上掛著鼻涕的幼兒園小朋友，而她甚至不想正眼看我。這裡的老師可以強迫我幫忙打開牛奶盒，顯然他們也可以強迫我去餵山羊。

但是總有什麼事是他們沒辦法強迫我做的。

「我絕對不會去敲好日子鐘。」我宣布。話才出口，我就知道自己是認真的。我不會去敲鐘。今天不會，明天不會，永遠都不會。

我的小朋友點頭。「我也不會。」她說。

終於比較不孤單了，我覺得如釋重負，於是伸出一根小指頭。「打勾勾？」她伸住小指頭勾住我的小指頭。我感覺到她皮膚下的脈搏。

午餐時間結束，我轉向琪拉。我想說的是，**我們走吧，還有別忘了妳的毛毛兔**。但是話一出口只剩下：「走吧，毛毛。」

「誰是毛毛？」她問。

「妳啊。」我說。「妳是毛毛。」

　　「不對，**妳**才是毛毛。」她說。她的嘴角揚起，不能算是露出微笑，但也許差不多了。

　　「抱歉，孩子。」我說。「我是毛毛的**相反**。」

　　「什麼是毛毛的相反？」

　　我沒有回答，但我想著心裡的那顆石頭，又硬又冷。

沉默再沉默

放學時，我看著所有人在好日子鐘旁邊排隊。先是創校元老輪流敲鐘。接著他們站到小朋友周圍，在小朋友敲鐘時互相擊掌。

而我，我站到一邊。我在一旁等了一會兒，剛好看到毛毛跟其他同學一樣加入隊伍。輪到她時，她搖搖頭。她瞥了我一眼，我將小指頭朝上翹起。打勾勾約定好的，我們都做到了。

然後我邁開大步朝老媽的車走去。

「今天過得如何？」老媽問。她的語氣熱切，好像期待我說，**太棒了，媽，今天實在太美好了，謝謝妳帶我離開我這輩子熟悉的一切，實在太值得了！**

我用力關上車門，轉過身背對她，雙眼盯著車窗外，不發一語。

「我懂了。」老媽說。她發動車子。

回家途中，她又試了幾次。**妳今天遇到了什麼不錯的人嗎？學校老師人好不好？學到什麼有趣的東西嗎？**

我沒回答，也沒問她第一天去診所上班過得如何。我只是看著令人沮喪的城鎮場景在眼前掠過：曾經是歐索普紡織廠的一堆磚頭殘骸，裝著護窗板的老電影院，「甜甜圈夫人」烘焙坊（「**隨時來個甜甜圈！**」窗戶裡的招牌這麼寫著。不過這家店今天沒開，所以我想不是**隨時**都能來個甜甜圈）。經過的店面一家比一家悲慘：「**見衣勇為**」二手衣物寄售、「**清潔溜溜**」

自助洗衣店、大艾餐館（**可惜本日不公休，還有微溫咖啡、難
吃食物加惡劣服務，歡迎光臨**）。等回到不是我家的家，我下
車，直接大步走進不是我房間的房間。我關上門，掏出手機，
查看有沒有家鄉的朋友傳訊息給我。

　　沒有訊息，於是我傳了幾則訊息給她們：

> 你們絕不會相信我今天遇到什麼事。

> 一個名詞：山羊。

> 還有另外一個名詞：幼兒。

> 那邊一切都好嗎？

> 真希望今天跟你們在一起。

> 哈囉？

> 哈囉～～～～～

　　沒人回應。我不知道是因為鎮上手機訊息很差，還是因為
所有朋友都忙到沒空回訊息。無論什麼原因，感覺都糟透了。

　　聽到老媽在廚房叫我吃晚餐時，我坐著不動。最後，她敲
了敲我房門。她將門推開一道小縫。「女兒，妳願意跟我聊聊

嗎？」

我轉向牆壁背對她。

「我們到底為什麼會來這裡？」我問。

「妳知道為什麼。」她說，在床上坐了下來。「我找到新工作。」

「妳**原本就有**工作，也沒什麼不好。」

「是沒什麼不好。」她說。過了一會兒，她說：「但是**就那樣了**，沒什麼不好。我不想要自己的人生只是**沒什麼不好**。這次搬家讓我有機會做點不一樣的事，讓我有機會改變，掌握主導權，對我來說就像是新開的一扇窗口。妳能明白嗎？」

「我們班所有人都很怪。他們整天都在講已經不在班上的某個蠢同學，一直大喊他的名字什麼的。從早到晚，好像我根本不存在。」

老媽揉了揉我的腿。「什麼都需要時間嘛。在妳還來不及反應過來的時候，他們就會大喊妳的名字囉。」

「妳可不可以不要每次講話都把我當成小嬰兒？妳根本不知道學校裡是怎樣！」

她很快捏了一下我的腳，然後站起身。「桌上有義大利麵，小琳，餓的話可以去吃。」她關門時連一點聲響都沒有，我還得確認她是不是已經離開。

數分鐘後，手機響起簡訊提示聲。是我的朋友艾希：

老天。好想知道發生什麼事。

嗨！！！

但我現在沒法跟你聊。。。
我媽在家大吼大叫的（哈）

開學第一天過得如何？

新學校有山羊。

你知道山羊有四個胃嗎？

哈哈，我想我在這裡就是會學到這些。

　　但我想艾希是認真的，因為她沒再回訊息。我抱著手機睡著了。整晚都沒下樓吃飯。

訪問：亨利

凱琳：

　　你覺得七年級開學第一天過得如何，亨利？

亨利：

　　很糟。如同發生災難那麼可怕，如同浩劫一般恐怖駭人。不過，我當然是很驚惶失措。

凱琳：

　　真的？我覺得你好像一副天下太平的樣子。每次我朝你看去，都看到你坐在那裡冷靜的讀你的小百科。

亨利：

　　其實，我一點都不冷靜。一整天下來，我的大腦都不停的轉，就像坐上嘉年華遊樂園那種旋轉咖啡杯──我可不是說我喜歡嘉年華會。會讓我口乾舌燥，手掌冒汗。還有其他東西讓我抓狂：救護車的警笛聲、演醫療主題的節目、演警方辦案的節目、演新聞時事的節目、嘔吐、宇宙的規模、貓的唾液、瓢蟲。

凱琳：

　　好，可是我們剛剛是在講開學第一天。

亨利：

　　我要說的就是這個。我的大腦轉個不停的時候，只有事實能讓我冷靜下來。妳知道嗎？我喜歡事實穩定踏實的感覺。每次去看一項事實，它永遠都會一模一樣。讓人非常安心。

凱琳：

　　所以……就像你跟我說那些關於山羊的事實？

亨利：

　　沒錯。一個多月以後，這些事實仍然真確無誤。開學第一天，我需要盡量掌握最多的事實。不然在得知波力離開之前，我就抓狂了。妳聽懂了嗎，開學那天我就守著一個祕密——這個祕密會影響我們所有人。就連妳也不例外，凱琳。

　　那天不只是新學年的開始，而是最後終結的開始。這件事只有我一個人知道。

沒有波力的一週

訪問：山姆

　　妳問我們之中任何一個人遇見波力‧芬克的第一天？我當然記得。是四年級開學第一天，那時候我跟莉迪雅和小柳剛開始玩「地下巢穴大冒險」──

　　等等，妳是認真的嗎？妳從來沒玩過？

　　那是角色扮演遊戲。每個人挑選一個角色，然後到宇宙各地尋寶或進行其他活動。作戰的方式是擲骰子然後……呃，算了。我剛剛是要說，我們三個都把波力當成遊戲裡的新角色來研究，想要搞清楚他是朋友還是敵人。

　　他長什麼樣子？就普通的樣子，我想。T恤，牛仔褲，棕色頭髮，頭髮有點蓬蓬亂亂的，會蓋到眼睛。但是玩「地下巢穴」會學到一件事：光看某個生物的外表絕對無法判斷對方是友是敵。

　　無論如何，波力轉學來的第一天，葛博思進到我們班教室。她在跟大家講一些規定啊、尊重啊、責任啊什麼的。她講話的時候，波力只是坐在那裡，非常冷靜的直視前方，同時將兩枝鉛筆插在耳朵裡。鉛筆筆尖朝外，所以看起來很像什麼瘋狂天線。

　　然後他在全班注視之下，拿起另外兩枝鉛筆。接著他將鉛筆插在自己的鼻孔裡。

　　葛博思話講到一半就停住。她抿著嘴，站在那裡瞪著波力。過了一會兒，我們在座位上動來動去，有點坐不住了。渾

身不自在，妳知道吧？我的意思是，任何白痴，甚至新來的菜鳥白痴，都知道大人忽然閉嘴不講話就表示事情不對勁。

　　過了一會兒，波力開始吹口哨。彷彿是夏天的某個下午出門散步，什麼都不關他的事。

　　葛博思清了清喉嚨。她問他說：「芬克同學，你能不能再跟我說一次你是從哪裡搬來的呢？」我們都知道無論他回答什麼地方——不管是西雅圖、芝加哥還是愛荷華——葛博思就會開始說些**噢，我是不知道在西雅圖／芝加哥／愛荷華大家都怎麼做，不過在我們米契爾學校，大家不會把鉛筆插在自己的耳朵或鼻孔。**

　　但是波力並沒有給她這個機會。他站起來，張開雙臂，耳朵跟鼻孔裡還插著那些鉛筆。然後他像在演戲一樣開口：「我來自**天上群星**！」

　　他講最後兩個字時拖長尾音。**天—上—群——星——**好像他是什麼外星人。我跟妳說啊，打從那時候開始，事情就愈來愈有趣了。

真正的超級巨星

開學第二天，我很早就起床，天都還沒亮。詭異的灰濛光線透過窗戶照進房間。我還穿著前一天的衣服，肚子空到發疼。雖然我沒吃晚飯就睡著了，但鞋子已經脫掉，身上還蓋了一條毛毯。一定是老媽進來幫我蓋的。

我下了床，悄悄走進廚房，老媽還沒醒來。我自己倒了一些早餐穀片，打開電視，想找個什麼節目來看。我只想要忘記自己再過幾小時就必須再回到那間學校的事實。

我瀏覽了一些不同的節目選項，忽然看到《誰是下一個超級巨星》。我覺得第二季是最精采的一季，嘉比說。我點進第一集，將音量轉小後開始看。老媽走進廚房時，這一集已經播到一半。

我以為老媽會為了我這麼早就在看電視大發脾氣——尤其我看的還是實境秀，她所謂**脫稿演出的垃圾節目**。不過她沒罵我，只是在旁邊的沙發位子坐下。

一下子之後，她挪動一下身體。「讓我抱抱。」她說。

我決定忘記自己之前有多氣老媽。我蜷縮在沙發上，將頭靠在她懷裡，讓她伸出手臂摟著我，彷彿我還是小孩子。

接著我跟小孩子一樣號啕大哭。

老媽沒問我為什麼，也沒苦口婆心講什麼鼓勵的話。她甚至沒提到我哭得一把眼淚一把鼻涕沾得她長褲都是。她只是坐在那裡，抱著我。

　　我哭完之後，她開口了。「我們看的是什麼節目？」

　　「《誰是下一個超級巨星》。」我坐直起來，在她的手臂上抹了抹鼻子，現在她的上衣也全是眼淚鼻涕了。「班上有個女生超愛看這個節目。」

　　我們看著爵黛麗熙獨自站在一間梳化室裡，對著鏡中倒影說話。大多數超級巨星參賽者都聚在另一間梳化室。他們都在講爵黛麗熙的閒話，你看得出來她對這件事心知肚明。她的灰眼睛浮腫充滿血絲，好像剛剛哭過。

　　「我知道自己需要學習新的一套規則。」她向鏡子湊近，開始戴上一副大得像蜘蛛的假睫毛。「好吧，沒關係。只要能繼續比賽，要我做什麼都可以。但是我就是我，沒有人能強迫我忘記自己是誰。」

　　我們一起看著爵黛麗熙從鏡子前面向後退了幾步，眨了好幾次眼睛。真的滿神奇的，因為一戴上假睫毛，就幾乎看不出來她剛剛哭過。她先從某個角度檢查自己的妝容，再換一個角度端詳。她戴上一頂薰衣草紫色假髮，假髮光亮柔滑，幾乎像是一頂帽盔。她套上一雙金屬紫色的高跟鞋，將頭髮甩到肩後，然後直視鏡頭。

　　「現在，」她說：「是時候讓全世界知道誰才是真正的超級巨星。」

　　嗯，恭喜你啊，爵黛麗熙，我心想。只不過在你向全世界證明你是超級巨星的同時，我卻被困在這個鳥不生蛋的地方餵山羊。

訪問：嘉比

看了好幾季《超級巨星》之後，你會注意到開始出現特定類型的人物。好比說一定會有一名戰士，隨時準備好開口爭論——有點像費歐娜，妳不覺得嗎？戰士需要一名頭號敵人，我想費歐娜的死對頭就是狄亞哥了。只不過狄亞哥也是她的跟班，所以這樣或許不太對。也一定有某個權威人物——有點像是葛博思校長在我們心中的地位。權威人物通常是整場比賽的裁判，確保大家遵守規則，總是會讓人有點心生畏懼。

但是也有另一種人物類型：搗蛋鬼。

搗蛋鬼就是不肯遵守規則的那些人。或者，我不知道該怎麼說。也不是說他們不遵守規則，是他們知道一些其他人不知道的事：大部分的規則甚至不是真正的規則。我們喜歡稱為規則的東西，大多數的人也會把它們當成規則，但它們並不是白紙黑字寫明的規則。大家遵照所謂的規則做事只是出於禮貌，或者希望其他人喜歡自己。

但是搗蛋鬼之所以是搗蛋鬼，因為他們才不在乎有沒有禮貌，也不在意自己是被喜歡或討厭。所以他們可以做出各種荒唐離譜的事卻全身而退。

爵黛麗熙是有史以來最棒的搗蛋鬼。比如說，所有參賽者被帶到紐約時代廣場，接到的任務是讓群眾幫他們鼓掌喝采。其他參賽者只是站在人行道上，根本是在哀求觀光客注意他們。爵黛麗熙可不是這樣。她直接大踏步走進附近一家百老匯

戲院，問説能不能讓她在謝幕時和演員一起上台。於是她不費吹灰之力，就讓一千人起立為她鼓掌！

　　我們米契爾也有自己的搗蛋鬼：波力・芬克。就和實境秀裡播出的一樣，他一不在，米契爾學校裡的一切也全都變了樣。

選出贏家

「我要說的就是這個。」山姆在我走進瑪格老師上課的教室時強調。「波力就好像憑空消失了。」

班上大多數同學都到了，圍在毛球髮箍三人組旁邊。「我們找了**好幾個小時**。」小柳說。「不但查不出他去了哪裡，甚至查不到**任何**姓芬克的人曾經住在佛蒙特的紀錄。到處都查不到。」

「他就像是莫名其妙被光束傳送走了。」提摩西說。「我說啊，搞不好他根本是外星人。」

「少來了，外星人都是騙人的。」由美反駁，所有人都轉頭看亨利，似乎期待他知道答案。

「從統計學的角度來看，外星人存在的機率非常高。」亨利說。

「看吧？」提摩西說。「他是外星人無誤。」

這時候狄亞哥來了，他在門口擺出誇張的姿勢，要炫耀身上那件螢光綠 T 恤，套在其他衣服上面而顯得有點小件。T 恤正面是一個挖鼻孔的火柴棒人形卡通圖案，下面一行粗大字體寫著：**選出贏家**。

狄亞哥將一個健身袋在腳邊放下，展示了一下肌肉，然後擺出那個姿勢。

「波力的 T 恤！」費歐娜大喊一聲，跳了起來。她今天穿著另一套藍綠色長褲套裝，穿在她身上實在太大。

　　嘉比傾身靠向我幫忙解釋。「去年對上達富薩的足球賽，波力就是穿這件Ｔ恤。」她說。「我們學校沒錢訂做隊服，大家只能都穿綠色Ｔ恤。波力每次都找一件最醜的穿來。」

　　「只是葛博思強迫他將衣服裡外反穿。」由美補充。「她說那件衣服會降低米契爾的格調。」

　　「她只是因為面對所有達富薩的有錢家長覺得尷尬。」費歐娜說。

　　「老實說，我也覺得有一點尷尬。」由美坦承。

　　狄亞哥拎起健身袋，找了個位子坐下。「快來看看，我在失物招領區發現波力的提袋。」他說。「我猜袋子整個暑假都在那裡，裡頭最上面就放著這件Ｔ恤。」狄亞哥打開提袋拉鍊，抽出一條舊襪子，襪子已經結成硬塊。他將襪子扔給雙胞胎其中一人，雙胞胎之一又把襪子扔向莉迪雅，莉迪雅再扔給費歐娜。

　　費歐娜將襪子拿到鼻子前聞了聞，然後立刻扔給由美。「不要聞它。」費歐娜說。「千萬不要。」由美用鉛筆將襪子挑起來之後，走到垃圾桶旁丟掉。

　　狄亞哥在袋子裡東翻西找。他掏出一頂骯髒的棒球帽，一條吃剩一半的穀物棒，一個裝滿壓碎洋芋片的塑膠袋，一個亂七八糟塞了筆記和紙頁的資料夾，和一隻紙摺青蛙。我努力想像什麼樣的人有可能穿著這麼恐怖的螢光綠**選出贏家**Ｔ恤卻不聲不響消失。要是我去年穿這種衣服，可能一輩子都沒人願意靠近我半步。

　　「再看看這些。」狄亞哥從袋子裡抽出幾張紙，每張都摺

了三摺。「是寄給他爸媽的電子郵件,葛博思寫的。」

他將波力的帽子戴到自己頭上,清了清喉嚨,然後開始念出信件內容。

親愛的碧翠絲和馬克:

謝謝兩位昨日抽空前來和我一同討論與波力有關的事宜。我在會談中承諾,如果發生任何新的事件,我會隨時通知兩位。

不幸的是,沒多久就有新的事件發生。

今日上午在講解一七六五年印花稅法的課堂上,開始上課十分鐘之後,波力接連從他的背包取出多個與課程完全無關的物品:三片麵包、火雞肉、乳酪、番茄片和一罐第戎芥末醬。波力將這些物品在課桌上一字擺開,開始為自己製作一份雙層夾餡三明治。當教師暫停授課並詢問波力在做什麼時,波力咬了一口三明治,然後向老師遞出三明治。他嘴裡塞滿三明治,還問老師:「喔,要不要來一口?」

確實,學生手冊中並無任何特別關於在課堂上製作三明治的規定,至於我們為何無法允許學生在突發奇想之下將教室當成私人廚房,想必毋需多加說明。

無論是此次事件或其他種種我們討論過的事件,謹衷心盼望我們皆能將之拋諸腦後。

艾莉絲・葛博思

注：順道一提，我已修訂學生手冊，明列禁止於課堂中製
　　備食物的規定。

親愛的碧翠絲和馬克：

　　前信中所言或許太過特定具體，我所關注者並非三明
治本身。

　　今日有一名披薩外送人員出現在六年級數學課教室窗
外。波力走到窗邊，付了披薩的費用，然後開始分送披薩
給全班同學。

　　如兩位所能想像，班上同學無不興高采烈。

　　但是上課時間並非用餐時間，我謹冀望兩位能向波力
清楚說明此點。感謝兩位的理解。

艾莉絲・葛博思

注：我已更新學生手冊，明訂禁止於課堂中製備、接收外
　　送或攝食任何種類之餐食的規定。衷心希望這樣修訂
　　就夠清楚了。

親愛的碧翠絲和馬克：

　　顯然我的用詞仍過於特定具體。

　　今日的課堂上，波力打開一罐美乃滋，然後開始非常
大口且大聲的吞吃罐子內容物。

　　呃，這麼做確實吸引了其他同學的注意力，但不是好的方式。有些同學覺得噁心，一位同學甚至得衝去廁所洗手台旁乾嘔。

　　您們或許會問，怎麼會有學生能夠一大匙接一大匙吃下美乃滋？我也有同樣的疑問。進一步調查之後我們才得知，波力吃的似乎是他小心翼翼裝進美乃滋空罐裡的香草布丁。

　　嚴格來說，波力認為布丁並非「餐食」有其道理（就此點而言，美乃滋也不是），因此他今日的行為並未違反與餐食有關的課堂新規定。話雖如此，或許您們能與令郎討論**立法精神**與**法律文字**之間的差異。

　　感謝兩位鼎力配合。

葛博思

注：這次是第三次修訂學生手冊。最新版本載明：**任何種類的食品，舉凡辛香料、調味料，以及除了水以外的液體，僅能在自助餐廳且僅能於指定午餐時段攝食。**我相信如此修改總算得以涵括所有的狀況。

親愛的碧翠絲和馬克：

　　此信中如有任何訊息稱得上是好消息，那就是我們似乎終於制定出讓波力放棄挑戰的飲食相關規定。當然也有壞消息，那就是永遠有無法預期的狀況，而我們制定的規

定無法防止波力每一個可能想到的情境發生。

　　我跟其他人一樣喜歡亮晶晶的東西，但是我由衷希望波力不曾在天氣暖熱時在我的辦公室吊扇上方放好幾堆亮粉。

　　或許我們應該約定下次會談的時間。

　　　　　　　　無意間一陣眼花撩亂但並不怎麼享受的
　　　　　　　　　　　　　　　　　　　　　　艾莉絲

　　狄亞哥念完最後一封信時，大笑到幾乎喘不過氣。所有人都捧腹大笑，連一臉嚴肅的亨利也不例外。

　　「我在想他打算拿這些電子郵件做什麼。」他說。

　　「也許他想要用印出來的信件把校長的車層層裹住，像上次他印了一堆自己的臉蓋住她車子的擋風玻璃。」由美說：「他的把戲怎麼也變不完。」

　　「記得上次波力從早到晚都叫校長『珍』嗎？」提摩西笑著說。

　　「每次校長糾正他，他就會回答，**哦對，抱歉，珍**。」山姆接話。「她的名字根本不是珍。她叫**艾莉絲**。」

　　「還記得他穿公雞裝來學校那一天嗎？」莉迪雅說。

　　「別說了！」費歐娜大笑。「別說了！我笑到肚子好痛！」她誇張的癱倒在地板上。

　　瑪格老師一陣風似的走進來時說：「創校元老們，早安啊！」聲音有點像在唱歌。她轉頭看向每個人。「老天啊。費

歐娜，別躺在地板上。由美，把烏克麗麗收起來。還有狄亞哥，你知道規矩：教室裡不准戴帽子。」

瑪格伸出手，狄亞哥心不甘情不願交出波力的棒球帽。

「昨天我們講到神話。」瑪格開口，邊將帽子放在壁爐架上。「我們講到以前的人如何藉由傳講神話故事來解釋這個世界，並且試著多少控制世界。但是隨著時間過去，開始有**哲學家**出來挑戰這樣的世界觀。」她告訴我們，哲學家就是坐在那裡努力想要透過**思考**來理解世界的人。

「呃。」費歐娜說。「真希望波力也在。要說有誰能讓古代哲學變有趣，我唯一想得到的人就是他了。」

但瑪格老師告訴我們的，其實相當有意思。

困在洞穴裡

　　瑪格倚著壁爐架。「請大家想像一下，」她開始說道：「你們全都是囚犯。」

　　「我們**是**啊。」費歐娜說。「我們全都是被關在學校的囚犯。」她嘆了口氣，然後埋頭開始用前額撞桌面。就算瑪格注意到了，她也假裝沒看到。

　　「你們身為囚犯，」她接著說：「從出生開始就住在一座洞穴裡，你們被鎖鏈綁著，眼前能看到的只有一面牆。你們這輩子看過的，這輩子**知道**的，就只有這面牆。偶爾，外頭的世界會有些影子投在你們的牆上。一隻狗經過，你們就看到狗的影子。一隻鳥飛過，你們就看到鳥的影子。一輛雙輪馬車轟隆隆駛過，你們就看到馬車的影子。你們學會這些東西的名字：狗，鳥，馬車。但別忘了，你們從來沒有看過這些東西本身——只看過它們的影子。就你們所知，狗的影子就是狗。」

　　「所以……」狄亞哥說。他看起來似乎在認真思考老師講的話，但是他身上還穿著那件糟糕的**選出贏家**上衣，讓人很難相信他是認真的。「妳是說我們以為自己看到什麼東西，甚至很確定自己知道看到的是什麼，但我們是錯的？」

　　「是的，狄亞哥。非常好。」瑪格說。她環顧教室。「現在想像一下：有一天，其中一名囚犯被釋放了。你們有誰想要獲得自由？」

　　費歐娜這下子抬起頭來。她以迅雷不及掩耳的速度跳起來

拚命揮手。「我！我想！」

　　但瑪格指了指狄亞哥。「狄亞哥，既然你第一個發問，我選擇讓你離開洞穴。」

　　費歐娜一屁股坐回座位上，喪氣極了。嘉比傾身過去，同情的拍了拍她的手臂。

　　「那麼狄亞哥踏入廣大的世界。」瑪格接著說。「但是抱歉了，狄亞哥，你碰到的第一件事是：陽光照得你差點瞎掉。」

　　「畢竟我這輩子都住在洞穴裡，瑪格。」他聳了聳肩。

　　「正是如此。你可以想像一開始陽光會多麼刺眼，整個世界看起來肯定有多麼可怕。各種各樣的顏色，所有動來動去的東西，還有明亮的光線。過了好一陣子，你的雙眼才適應。但久而久之，眼睛是會適應的。你開始看見洞穴外頭的世界。你看見一隻真正的狗，看見一隻真正的鳥。你才發現，噢，**這是一隻狗，這是一隻鳥**。」

　　我看了看周圍同學，發現所有人都非常專心。也許是因為整件事給人的感覺不像老師在講課，或是叫我們準備考試什麼的。她只是在講故事給我們聽。

　　「啊，可是狄亞哥，你沒有忘記你的老朋友。」瑪格繼續說，邊朝我們的方向揮了一下手臂。「所有其他的囚犯，他們還被困在洞穴裡盯著那面牆。事實上，狄亞哥，你迫不及待想要和他們分享關於這個世界的新知！於是你匆忙回到洞穴，向大家解釋他們所知道關於世界的一切都是錯的。你試著向他們解釋，鳥身上有顏色，而且長了羽毛，牠們是立體的，腳上有鱗片，而狗有眼睛跟毛皮……」

　　瑪格停下來。她靠在桌面上，掃視全班同學。「你們這些還待在洞穴裡的人，別忘了，你們從來沒看過影子以外的任何東西。你們會相信他的話嗎？」

　　我陷入思索。我試著想像有人堅稱我所知道的一切，都只是某個更真實的東西一閃而過的影子。我的意思是，我想我聽到有人說出真相時會相信對方……但是我會嗎？

　　「也許有人會相信？」莉迪雅說。但是她看起來不太確定。

　　「我想大多數人會覺得他是瘋子。」山姆說。

　　「我想你說對了，山姆。」瑪格說。「你們怎麼可能相信他？那些影子都是你們親眼看過的。而且，對於從來沒看過任何顏色或是立體形狀的人，怎麼可能有人很精確的形容出來讓他們聽懂？所以還有另外一個問題，真正的人哉問：在狄亞哥回洞穴探望大家之後，你們獲得了離開洞穴的機會。你們會跟隨狄亞哥嗎？」

　　費歐娜立刻點頭。「會！」她說。「絕對會。」她和狄亞哥互相擊拳致意。亨利咬著下唇，點了點頭，但是他看起來不怎麼肯定。

　　我盯著共用課桌的深色木頭表面。試著想像整件事——陰暗的牆面，朦朧的影子。我試著想像踏出洞穴，第一次看見外頭真正的世界。但是腦海中浮現的，只有自己瞇起眼迎著白花花的陽光。

　　「我會很害怕。」最後嘉比開口。「我可能會跟著出洞，但我想我會怕得要死。」

　　沒有人開口再說什麼，過了一會兒，瑪格說：「創校元老

們，這就是洞穴寓言。是關於拋開固有假設的比喻，這個比喻既精采又優美，最早是由一位名叫柏拉圖的古希臘哲學家於西元前三八〇年寫下來的。」

她開始發放家庭作業單。「我希望大家今天晚上回到家，花幾分鐘思考一下柏拉圖的洞穴，想想看這個思想實驗和你自己的生活可能有什麼關聯。」

費歐娜冷不防拍了一下桌子。「嘿！」她環顧全班。「也許**這就是**波力·芬克碰到的！也許我們全都被困在洞穴裡，然後……」

「然後波力離開洞穴了！」莉迪雅大喊。費歐娜簡直是整個人飛撲過去跟坐對面的莉迪雅擊掌。

「才不是。」提摩西思索著。「他是從天上群星來的，然後他終於想出回到母星的辦法。」

山姆大叫：「外星人！」然後湯瑪斯吆喝：「洞穴！」全班忽然又鼓譟起來。全班有一半同學大喊：「**洞穴！**」另外一半大喊：「**外─星─人！**」

瑪格努力想讓失控的班上同學安靜下來時，我暗自想著，波力這群好朋友怎麼可能連他要離開米契爾的事都不知道。

訪問：山姆、小柳、莉迪雅、湯瑪斯和提摩西

山姆：

還有一件事很好玩，就是波力什麼都能講得天花亂墜。

小柳：

他有一次告訴我們，說他是被放逐的恩迪里席斯坦共和國王子。他講那個國家的歷史給我們聽，還說他的國家擁有全世界最豐富的鏄礦……

莉迪雅：

後來我們去查，根本就沒有恩迪里席斯坦共和國這個地方，**而且**根本就沒有什麼鏄礦！

山姆：

還有一次，他說他的父母親是臥底的間諜，他們被派來調查葛博思校長經營的全球唯一芳香蠟燭黑市生意。

湯瑪斯：

他花了兩個禮拜的時間想說服我和提摩西，他其實是我們失散的三胞胎兄弟。他說我們的媽媽在他出生時就將他送人，只是從來沒告訴我們。

提摩西：

他講了又講，我們幾乎信以為真。後來，我們還真的回家

問媽媽這件事。

山姆：

　　我是說，我們在講的是曾經穿公雞裝來上學然後整天都堅稱自己穿的是正常服裝的同學，也不管我們怎麼告訴他說：「波力，我們看得到你，你看起來就像一隻雞。」但是他會一而再、再而三重複講一些事，講得頭頭是道，聽起來幾乎像是真有其事。

踩扁

餓山羊的步驟如下，或許你會有興趣一聽：

1.除了一個同學之外，其餘所有人各自在手裡抓一把飼料。其他人全都待在柵欄外面，一起朝著羊欄另一頭走去——盡可能遠離柵門。羊群會在柵欄內側亦步亦趨跟著這些同學，邊咩咩叫邊哀號，爭先恐後想要靠近食物。

2.確定離柵門很遠之後，這些同學就可以像撒五彩紙屑一樣朝柵欄內側拋撒幾粒飼料。這不是羊群的正餐，只是要引開牠們的注意力。

3.等到羊群的注意力都集中在拋撒飼料的同學身上，那個留在後頭的同學就能提著一大桶飼料躡手躡腳進入羊欄。對於這位同學來說，比賽正式開始。他或她必須將飼料倒進山羊的飼料盆裡，然後在羊群發現有人進入羊欄之前撤退。

要是羊群真的發現了呢？那就祝好運囉。

開學第二天，法拉畢老師要亨利把飼料桶提進羊欄。亨利用力眨了眨眼，緊張的嚥了口口水。但他進入羊欄了。

我們各自抓了把飼料拋撒，但在亨利倒滿第一個飼料盆之前就撒光了。羊群注意到他，朝他直衝過去。亨利驚惶失措，放掉手裡的飼料桶，一屁股坐進桶子裡，然後雙手抱頭。

「山羊沒有上排門牙！」他大喊。「山羊是草食動物！」一秒鐘後，我們既看不見亨利，也聽不到他的聲音，因為他的身影已經淹沒在整片捲曲羊毛之中。法拉畢老師救出亨利時，

他的眼鏡歪到快掉下來，頭髮簡直慘不忍睹。

　　亨利跌跌撞撞走出羊欄，法拉畢老師提起桶子問：「還有誰想試試看？」

　　狄亞哥自告奮勇，他身上還穿著那件**選出贏家**上衣。同樣的事又發生了：我們撒完手裡的飼料，羊群察覺有人帶著一大桶食物杵在羊欄裡頭。牠們再次朝那個人直衝過去。狄亞哥的反應是沿著「之」字形路線忽左忽右拚命跑開。羊群努力想追上他，最後全部昏頭轉向撞成一團。

　　狄亞哥溜出羊欄，相較之下可說毫髮無傷。「呼。」他說，邊放下桶子。他低頭看著橫在胸口上的螢光綠卡通人物。「大概是因為我穿了幸運T恤！」

　　法拉畢老師詢問還有沒有其他人想試試看，費歐娜舉手。

　　這次我們試著在拋撒飼料時放慢速度。費歐娜很努力倒滿三個飼料盆。但她朝最後一個飼料盆移動時，不小心被自己過長的褲腳絆倒。她踉蹌幾步，總算踩穩，但此時已經太遲。羊群看到她了。

　　費歐娜沒有逃跑，也沒有尋求自保。她一躍而起，將雙腳牢牢踩在地上，將飼料桶高舉到半空中，彷彿它是一把寶劍或一面盾牌。「別動！」她高聲呼喊。「以波力·芬克之名，我命令你們──」

　　她話還沒說完，就被大山羊迎頭撞上。她被撞飛出去，手裡的飼料桶掉在地上，飼料撒得到處都是。等她摔落在地，周圍的羊群已經在旁大啖飼料。

　　「別動！」從地上傳來費歐娜的聲音。「以波力·芬克之

名，我說別動！」

我旁邊所有同學都開始鼓掌歡呼。

「妳需要這件T恤，費歐娜！」狄亞哥大喊。「我應該把這件幸運上衣讓給妳的！」

法拉畢老師進入羊欄扶費歐娜站起來。她起身時，頭髮亂七八糟，西裝外套袖筒有個地方裂開，套裝長褲皺巴巴的還沾滿泥土。她的脖子上還黏著幾粒飼料。但她一點都不難過，甚至哈哈大笑。

我還記得自己前一天被大山羊撞倒的時候，胸口因為湧出一股羞辱感而發燙。費歐娜似乎完全無感，幾乎讓我氣急敗壞。無論費歐娜依據什麼樣的規則過日子，都是世界上其他人無從理解的。

我暗自在腦海中嘗試寫出幾條新規則：

旁觀費歐娜學到的生活規則

1. 想穿什麼就穿什麼，就算荒謬可笑也照穿不誤。
2. 即使很煩人也要大聲發表意見。
3. 在其實應該很困窘時哈哈大笑。

旁觀狄亞哥學到的生活規則

1. 相信醜T恤可以帶來好運。
2. 終歸還是失敗。
3. 連自己失敗都沒能成功發現。

餵山羊學到的生活規則

1. 聲東擊西，如此就沒有人看清到底發生什麼事。
2. 盡可能不要被踩扁。

殭屍和狼人

　　我早該想到，所有人都知道七年級學生已經不是小朋友，不需要課間休息時間了，但我想消息還沒傳到地球的這個角落。我們每天吃中餐前都有一段很長的休息時間。這一天，大家在足球場旁邊閒晃。亨利埋首於他的小百科，由美有一搭沒一搭彈起烏克麗麗。狄亞哥身上還套著波力的Ｔ恤，努力想用足球耍些把戲，不過費歐娜一直偷偷從他背後搶球。每次她搶到球，就會咯咯咯笑著全速跑走，直到他追在後面把球討回來。山姆、小柳和莉迪雅拿出一些紙牌和二十一面骰子，而雙胞胎開始玩一種他們稱為「殭屍人戰狼人」的遊戲。

　　遊戲是這樣進行的：（1）數到三時，兩個人會大聲喊出某個要對方扮演的角色——殭屍、狼人、半機械人、海盜或跟蟒蛇一樣會蛻皮的巨齒鯊之類的。（2）他們會扮成該角色並開始打來打去。（3）過了一會兒，他們會在地上扭打成一團，而由美會暫停彈奏她的烏克麗麗，大吼著他們很煩。（4）由美大吼時，他們會站起來，然後一切從頭再來。

　　我很確定在那邊進行的這個遊戲就是這樣玩的。

　　他們在玩的時候，嘉比——她講起話來嘰嘰呱呱嚦哩吧啦，我發現她的名字真的很適合她——開始告訴我所有她覺得我應該知道關於班上同學的事。「由美全家都是藝術家。」她說。「他們表演的偶戲超瘋狂。」

　　由美轉過身來。「不好意思，我們家辦的可是知名莎士比

亞藝術節，只是我們偏好的媒介剛好是偶戲藝術。」她出言糾正。「而且我要鄭重聲明，去年夏天《紐約時報》登出的一篇評論大為讚賞我們的表演。」

「沒錯。」嘉比說。「所以由美整個暑假都跟著偶戲團的巴士到各地巡演。還有小柳的媽媽練瑜伽很有經驗。對了，她跟山姆的媽媽從我們一年級時就在一起了。我想想看還有什麼。如果妳想知道怎麼用弓箭打獵，我是從來沒想過啦，就要問雙胞胎。亨利的爸爸在鎮議會，所以鎮上發生什麼事，他都可以告訴妳。狄亞哥的媽媽是小怪物日托中心的老闆，我、費歐娜跟狄亞哥小時候會一起去那裡，妳大概看得出來，狄亞哥最愛踢足球。妳會踢足球吧？因為我們對上達富薩的時候就需要妳了。」

接著附近所有人忽然全都搶著開口，七嘴八舌想告訴我山的另一邊那個時髦小鎮。「達富薩是佛蒙特州最多觀光客去玩的地方。」由美說明。「那裡有東岸最貴的滑雪場，有錢人去滑雪，覺得那個地方很不錯，就在那裡蓋豪宅住下來。」

「有一個退休搖滾明星就住那裡。」嘉比說。「怎麼說呢，他超有名的，他的小孩也參加學校足球隊，所以每次比賽他都會來。」

「達富薩家家戶戶都有游泳池。」狄亞哥說，他輪流用左右膝蓋頂球。

「是室內的游泳池。」費歐娜補充。她伸手想搶球，但是狄亞哥及時側身避開。

由美皺起眉頭。「我不知道他們的游泳池全都是室內的。」

「是真的。」費歐娜堅持，然後轉向我。「我媽在那裡幫人打掃房子，她清楚得很。」

「我聽說鎮上所有小孩到了十八歲都會繼承一大筆錢。」山姆說。

「千真萬確。」莉迪雅說。「不過我想是等到他們二十一歲。」

這時候，提摩西和湯瑪斯扮成外星人和機器人在地上扭打。提摩西坐在兄弟背上說：「我。已經。打敗。外。星。人。」

「煩死了！」由美朝他們大吼。我想那就是他們在等的指令，因為雙胞胎站起來，準備展開新的回合。

埋首於小百科的亨利抬眼看了一下。「你們兩個啊，應該來一場波力對決葛博思的大戰。」他建議。「紀念我們失蹤的同學。」

「我要當波力！」湯瑪斯大喊。

遊戲再次開始倒數計時，但是費歐娜忽然大叫：「**等等**！」她叫狄亞哥把那件上衣給湯瑪斯穿。「他要跟葛魔王對決，愈多助力愈好。」她說。

湯瑪斯套上 T 恤——穿在他身上比穿在狄亞哥身上還小件——然後大戰開打。扮演葛博思的提摩西大喊：「波力・芬克，去我辦公室報到，現在就去！」

湯瑪斯大喊：「你抓不到我的，葛博思！」他擒抱住兄弟的腰，不過數秒就將提摩西制伏在地。這回合顯然是波力大敗葛博思。

　　「有用耶！」費歐娜高喊。「波力上衣真的很有用！」她
跟狄亞哥轉向彼此，兩人瞪大雙眼對望。

從殭屍與狼人大戰學到的生活規則

1. 攻擊眼前的東西，直到有人把你擊倒或大叫。
2. 重來一次。

從神祕的波力‧芬克學到的生活規則

1. 吃美乃滋。
2. 穿荒謬可笑的服裝。
3. 不聲不響就消失。
4. 成為某種傳奇人物。

訪問：山姆、提摩西、亨利、嘉比、由美、小柳、
莉迪雅和狄亞哥

山姆：

　　他之前住在聖費南多，我想，還是聖荷西。等等，這兩個的差別在哪裡？

提摩西：

　　他之前不是住在麻州嗎？

亨利：

　　不是，提摩西。我才是之前住麻州。還記得嗎，我是三年級那年從荷約克搬來這裡的？

嘉比：

　　我記得波力之前住在聖路易。也許他搬回去那邊了？

凱琳：

　　我真搞不懂，你們為什麼不傳簡訊給波力問他到底去哪裡了。

由美：

　　我想他沒有在用手機。我們大都沒在用，還不都是葛博思害的。數年前，她鼓勵我們的爸媽簽署一項約定，承諾會等我們升上八年級才讓我們用手機。大多數家長都簽了。你不覺得很不可思議嗎？

凱琳：

那他的父母肯定在工作，沒錯吧？也許鎮上會有朋友知道他們搬去哪裡？

嘉比：

他爸爸好像……是作家之類的？其實我也不知道。我們很少看到他們。我外婆說他們是**外地**來的，不是本地人。

小柳：

對啊，他們不怎麼和藹可親。應該說一點都不親切。很詭異，因為我們幾乎沒見過他們幾次，從沒在雜貨店或其他地方看過他們。

莉迪雅：

我記得他住在糖楓林巷，但我不太確定。提摩西，你們去過他家對吧？

提摩西：

沒啊，我們從沒去過波力家，不過狄亞哥去過好幾次。

狄亞哥：

其實沒有啦，我從來沒去過。是他來過我家好幾次。不過他什麼球都不想玩。

凱琳：

你們是說真的嗎？波力大概是世界排名第一的萬人迷，然後你們沒有一個人去過他家？

很久很久以前

午餐時間，我在我的小朋友旁邊的位子一屁股坐下。「哈囉，毛毛。」我說。她睜大雙眼抬頭看我，好像在期待什麼。好比說，我這時候也許應該要做什麼很神奇的事。

我伸手過去幫她打開牛奶紙盒。一點都不神奇，但是我盡力了。

費歐娜坐在附近的另一桌，她將一片脆餅朝空中拋，然後試著用嘴巴接住。她沒接到，又試了一次，這次接到了。於是她哈哈大笑，餅乾碎屑噴得她從下巴到衣服滿身都是。她的小朋友一臉興奮，好像費歐娜是全世界最棒的寶貝。

「噢對！」我對毛毛說。「妳真棒，昨天遵守了我們的約定，好日子鐘那個約定。我也沒有敲鐘。答應的事就要做到。」我舉高小指動了動。她點點頭，表情很嚴肅。

接著進入一段空檔，我們都沒說話。我知道自己比較年長，有責任填補對話的空檔，於是我想到什麼就隨口說出來。「嗯，我記得幼兒園。休息，吃點心，還在操場上玩很久……以前的時光真美好啊。」我試著記起幼兒園時期一些特定的事物，但印象中只有一切似乎都好吵好恐怖。

那時我覺得自己好渺小。

我試著假想從毛毛的視角看到的自助餐廳。可以想像她眼中的自助餐廳可能非常巨大，大到讓這間小小的學校似乎都顯得既擁擠又混亂。但是我主要看到的是：自己好大。在她眼

中，這桌所有學生可能都很大，但我是其中年紀最大的。

這種感覺只持續了一秒鐘，我又回復自己的視角。

「嘿。」我說，讓自己的視線和她的齊平。「妳覺得真兔兔想聽故事嗎？」

她點點頭，於是我開始講故事。「好。那麼⋯⋯很久很久以前⋯⋯」

我停頓片刻。其實我不記得任何精采的故事。我在想要不要講瑪格告訴我們的故事給她聽——那個講洞穴和有一個人離開洞穴的故事，但是有囚犯被鎖在洞穴裡的故事，對一個緊張兮兮的幼兒來說很可能太恐怖了。於是我挑了一個截然不同的故事。有點呆，有點蠢，就像那件逗得大家大笑的**選出贏家**T恤。

「很久很久以前，有個男孩名叫波力。」我開始告訴她波力叫外送披薩到學校的故事，但她看起來一臉迷惑，於是我將故事改編。我告訴她，波力住在一個由邪惡女巫統治的國家，大家都叫這名女巫「葛魔王」。波力身上穿著一件螢光超級英雄斗篷，他點的披薩不是普通披薩，而是魔法披薩，全國的孩子吃了魔法披薩都跳起舞來。所有孩子全都快樂的跳著舞，直到葛魔王放出一群發怒的山羊追趕他們。就在這時候，波力在孩子們身上灑上神奇美乃滋，孩子們全部飛了起來。於是他們飛到安全的地方，從此過著幸福快樂的生活，故事結束。

故事並不完美，但我用很戲劇化的語氣講故事，還向她湊近一副要偷偷告訴她什麼天大祕密的樣子。她的眼神迷離飄忽，彷彿在自己的腦海中看一場電影。

午餐時間結束，她問我明天可不可以再講故事給真兔兔聽。

「呃……好啊。」我說。「我想想看還有什麼故事。」

她將真兔兔遞給我，然後一臉熱切的等著。我看著他，軟趴趴的毫無生氣。我小力抱了他一下，我想毛毛就是想要我這麼做，因為她接著抱了我一下。她的擁抱就大力多了。

當時我感覺到內心深處有什麼東西。不是石頭，但也不像是心湖氾濫，好像內心深處有什麼裂開一條縫。坦白說，有一點痛。但感覺也很好，現在就好像又多了一點點自在呼吸的空間。

接著毛毛朝涂林老師跑去。我目送她離開，暗自設想一套全新的生活規則：

與自己的小朋友相處規則

1. 幫小朋友打開牛奶紙盒。
2. 想得到的話，講一個故事給小朋友聽。
3. 記住自己比小朋友還大。

至少，這些規則看起來像是我能做到的。

我想通了

那天晚上吃完晚餐，老媽坐在沙發上處理一疊診所的文書資料。我盯著自己的作業，寫著瑪格出的題目的那一份：

你覺得柏拉圖的洞穴寓言是在講什麼？這則寓言對於你的生活可能有什麼意義？請舉出至少一個具體的例子說明。

我拿起筆，放下，又拿起來。我數了數這一頁有幾行。二十七行。希望瑪格不會期待我寫滿整頁。

困在洞穴裡會是什麼感覺？肯定很無聊，也很痛苦。難道不需要伸展活動手腳嗎，要怎麼上廁所，還有，如果沒有常常變換姿勢，身上不是會長某種瘡嗎？我想我是從老媽那裡學到的。

我在腦海中想像將作業改寫成選擇題：

從前有一名希臘哲學家，他名叫：
①爵黛麗熙
②葛博思
③柏拉圖
④波力・芬克

柏拉圖喜歡談論：
①醜T恤
②整罐美乃滋
③邪惡的山羊
④洞穴

那名囚犯走出洞穴時：
①敲響好日子鐘
②訂披薩外送
③被陽光照得差點瞎掉
④玩殭屍大戰狼人

　　為什麼瑪格不出類似這種題目呢？我只要選出正確答案就能完成作業，不用為了回答柏拉圖的洞穴對我有什麼意義還得瞎掰一個故事。

　　要說發現自己知道的事其實全都錯了的經驗，最類似的大概是去年剛上六年級的時候。升上中學，我非常興奮。但是等我到了中學，卻好像忽然領悟，原來自己連最基本的常識都沒有。比如說，站在走廊和朋友說笑時，我的雙手該擺哪裡？還有我應該笑多大聲，露出微笑時會不會很像白痴？就好像我忽然需要一本以前沒有人費心交給我的教學手冊。

　　但我絕不會在回家作業裡承認**這種事**。

　　我再次低頭看著空白頁面，嘆了口氣。在另一端處理文書的老媽抬起頭來。「妳在忙什麼？」她問。

「作業。」我做了個鬼臉。「我得寫一篇關於某個蠢蛋哲學家柏拉圖的文章。」

「柏拉圖嗎？很有意思啊。」老媽說。

「是個古人，而且我不知道重點在哪裡。」

老媽稍微坐直身體。「跟我說說妳目前的心得。」

「沒事啦，媽。」我衝口而出。「不用妳幫我寫作業。」我在心底暗自加了一句：**其實我只需要不一樣的作業。不只是想要不一樣的作業，我更想要不一樣的學校，跟不一樣的生活。**

我閉上雙眼，試著想像自己身處洞穴，看著閃動飛掠的影子。但是我沒辦法想像洞穴的樣子，也沒辦法想像那些影子。腦海裡只有自助餐廳──費歐娜用嘴巴接脆餅接到全身餅乾屑，她卻渾不在意。

我睜開雙眼，提筆開始寫：

> 柏拉圖洞穴的故事是一種思考方式，思考發現世界比自己以為的複雜許多可能是什麼樣的感覺。另外，也是在思考有時候一個人可能知道一些事，卻沒辦法向其他人解釋。類似柏拉圖洞穴的例子或許是，假如你一直過著小學生活，即使你已經很大了，周圍依舊都是小朋友，你永遠不會知道真正的中學是什麼樣子。如果必須去一所真正的中學上學，你會不知所措，甚至會發瘋抓狂。

這個答案其實還不賴，而且很真實。費歐娜跟莉迪雅在說創校元老被困在洞穴裡而波力是離開洞穴的人，或許只是開玩

笑。但是她們沒說錯。

　　米契爾學校是一個洞穴。而我可能是班上唯一一個曾經去過外頭世界的人。

全套盔甲

那天晚上，我一直在想自己沒寫出來的答案：去年升上中學的感覺，確實很像是離開洞穴踏入外頭的世界。外頭有太多新的規則，但是沒有人費心教導我。像是可以穿什麼衣服上學。我會穿我以為很正常的服裝去學校。然後就有人譏笑：**上衣很漂亮哦**。就像那樣，於是我看到他們眼中的自己：我穿的衣服很醜。我一回到家，就把那件上衣塞進衣櫃深處。

在中學裡，一個人可能在任何時刻、任何地方做錯事卻不自知。就連體育課都不例外！有一次，我們在玩足壘球，我的兩個朋友基於某種原因幾乎沒在踢球。兩個人很快就出局了。他們會一起大笑，好像玩足壘球是全世界最蠢的事。

接著輪到我。我知道只要我想，就能安全上壘。我一直都很會踢球，同學中很少有人能將球踢到全壘打牆，我是其中之一。但忽然之間，我不確定自己應不應該這麼做。所以投手將球朝我滾過來時，我……愣住了。

我感覺全場目光都集中在我身上，耳中傳來朋友的笑聲。然後我看到安娜・史潘，她獨自站在真的是與大家「相左」的左外野。她抓了抓手臂，躁動不安。我唯一確定的事是：我不想跟**她**一樣。

我讓球從我身旁滾過。我故作輕鬆大笑起來，學我的朋友。但那種我**不想跟安娜一樣**的感覺卻揮之不去。

我開始更密切的觀察安娜。我注意到她經過走廊時將課本

緊抱在胸口，像是在抵擋什麼看不見的傷害。我注意到她慢慢轉動置物櫃的轉盤鎖，同時期望不會有人發現她連一個說話的對象都沒有。她做錯的每件事，讓我覺得很安心。我的意思是，也許我不知道該如何**自處**……但至少我知道的比安娜多一點。

我想我也希望她意識到這一點，因為我開始做出一些事情。可能是叫朋友們盯著她看。我們會從遠處盯著她，也許是從自助餐廳的另一頭，或是在圖書館應該專心念書的時候。我們會一直盯著她看，直到她抬起頭來，然後我們會哈哈大笑。不是因為她做了什麼好笑的事，而是因為我們想要她知道她在別人眼中很可笑。

安娜每次都努力假裝沒看到我們，但是我們看得出來她看到了，她飛快轉過頭看向相反方向的模樣，活像被人搧了一巴掌。她這麼做的時候，我感覺自己的心湖逐漸僵硬石化，就像在心中穿上全套盔甲。

接受挑戰

開學數天後，我開始搞懂這裡的規律。我發現費歐娜真的每天都穿長褲套裝來上學。我知道莉迪雅、小柳跟山姆在休息時間會擲骰子玩他們的詭異角色扮演遊戲。我知道毛毛會在午餐時間要我講故事，而亨利只有在隨機宣揚某種冷知識的時候不會一臉憂心忡忡。我也知道山羊真的會把樹叢啃個精光；法拉畢老師在週四宣布時間到了，該把羊欄移到下一個地點。

我也開始想通其他事情：例如和老朋友保持聯絡竟然比我以為的還困難許多。每天晚上我都會傳訊息給她們，她們有時候會回覆。就算她們回我訊息，感覺她們還是離我十萬八千里遠。

週五是開學週的最後一天，上午瑪格在黑板上寫下：**民主——人民治理**。

「好了，創校元老。」她說。「我們之前聊過古希臘的神話和哲學。今天我想跟大家聊聊民主是如何在雅典城興起。」

坐在我旁邊的費歐娜發出呻吟聲，似乎十分痛苦。她身上的電光紫西裝外套外面還套著波力的螢光 T 恤。在波力對決葛博思大戰之後，全班真的開始輪流穿那件號稱會帶來好運的蠢T恤。

狄亞哥向後靠在椅背上。「拜託，瑪格，為什麼我們非得學古代這些亂七八糟的東西？」他問。

瑪格挑高一邊眉毛。「狄亞哥，那有什麼是你比較想討論

的嗎？」瑪格問。

「哦，當然有。」他說。「很多事情。」

「什麼樣的事情？」她等著，一副期待狄亞哥回覆的樣子。

「我不知道。」狄亞哥說。「像是……妳知道……跟我們的生活有關的事情。」

瑪格點了點下巴，抬頭望向天花板片刻。「好啊。」她說。「不然我們就來投票表決。我們今天可以討論政治制度和民主的興起，或者我們可以照狄亞哥建議的，討論你們覺得跟你們的日常生活比較相關的事情。很快舉手表決一下：誰想討論民主？」

全班互看了一眼。沒人舉手。

瑪格環顧全班。「我們來數數看，討論民主零票。那麼誰想要討論跟你們的生活比較相關的事情？」

幾乎所有人都火速舉起手來，只有亨利沒舉手。他看著瑪格，一臉古怪，好像覺得既有趣又佩服。

一看到他的表情，我就明白是怎麼回事。

「好的，所以**討論跟生活相關的事情**以壓倒性票數勝出。」瑪格說。

全班歡呼，瑪格走到黑板前。她將黑板上的「**民主**」兩個字圈起來，然後轉向大家咧嘴而笑。「容我正式宣布，」她說：「各位剛才參與的就稱為**直接民主**。所以我會說民主和你們的生活算是很有關係，不是嗎？」

這時候大家都搞懂老師在做什麼了。教室裡怨聲四起。「妳耍我們！」費歐娜大喊。

　　「只是要證明一個論點。」瑪格說。「不過我身為老師，說到做到。所以我們接下來會這麼做。」她從辦公桌抽屜抽出一疊索引卡，發給我們每個人數張。「你覺得有什麼主題比人文學科與個人生活更相關，請大家寫下來。」她說。「每張卡片寫一個主題──你可以寫任何你想在上課時間討論的事。寫好以後把卡片摺起來，然後放在這頂帽子裡。」

　　她拿起波力的帽子，是她週二從狄亞哥手上拿走的。「下週一開始，我每天會從帽子裡抽一張卡片。如果我沒辦法講出卡片上寫的主題與古代世界的連結，那我就同意讓全班討論你們寫下的主題。但要是我可以講出這個主題是如何連結，那麼你們就要同意相信我說的，古代世界和你們今日的生活之間確實有關聯。一言為定？」

　　「等等，妳是認真的嗎？」由美問。「不管我們想寫什麼都可以？」

　　「什麼都可以。我會以某種有意義的方式找出這個主題與古代世界的連結，如果不行，就換同學們來主持討論。」

　　所有人提筆狂寫。我瞥了狄亞哥一眼。他飛快寫下**對抗達富薩的年度足球賽**，摺起索引卡，然後立刻抓起下一張。**為何達富薩最差勁**。然後又一張：**為何米契爾能稱霸而達富薩遜咖**。

　　我轉向另一邊偷瞄費歐娜的卡片。她已經有三張寫好摺起來的卡片，正在寫第四張。**關於大家最喜歡的波力・芬克的回憶**，她寫道，然後將卡片放到同一堆。她繼續寫道：**強大的女人。堅強的女人。不是乖乖牌的女人。休息時間。山羊。鳥類**

是現代的恐龍嗎？是的話，牠們有可能長出獠牙把我們吃掉嗎？

　　費歐娜把她的卡片都寫完之後，問我能不能跟我借一張。我點點頭。我還盯著我的第一張卡片，思索要寫什麼好。一直等到瑪格開始在教室裡走動收回卡片，我才在卡片上寫下幾個字。寫的時候我將卡片遮住，以免被別人看見：

**　　　　　如何在一切變化太快時勇敢面對。**

　　很蠢，我知道，但這是我唯一能想到的。我將卡片對摺，還來不及改變主意，瑪格就把卡片從我這裡收走了。

　　瑪格露出笑容，十分滿意。「創校元老們：我接受挑戰，我們來看看接下來會怎麼發展。」

立起稻草人

「噁！」那天休息時間，費歐娜誇張的大喊。當時幾乎全班都四仰八叉躺在草地上。只有狄亞哥跟雙胞胎沒跟大家一起。他們在足球場邊緣閒晃，和我們有段距離。

埋首看書的亨利抬起頭來。「什麼事不對勁嗎，費歐娜？」

「什麼都不對勁。」費歐娜說。狄亞哥在她的雙頰上畫了兩個大大的笑臉，讓她看起來像臉上有刺青。「暑假結束了。開學第一週幾乎都滿刺激的，但現在也結束了。我們如今只能待在又老又無趣的學校。」

「波力會知道怎麼找點樂趣。」山姆嘆氣道。

「嗯，」嘉比開口，語氣有點太過樂觀，「至少有凱琳在啊。」

費歐娜懷疑的看了我一眼，皺起眉頭。「凱琳絕不會穿公雞裝來上學。」

「是真的。」我附議。「我不會。」

「看吧？」費歐娜接話。她大力向後躺到草地上，朝著天空喃喃抱怨。「變得一點都不好玩。好幾十年以後，歷史學家會指出歷史上的這一刻，他們會說甚至就是這一週，**一切都完了，從此再也沒有任何樂趣可言。從這一刻開始，我們都進入窮極無聊國。**」

她坐起來，大張雙臂。「歡迎來到窮極無聊國！」她隨意

吆喝起來，沒有特定對誰說話。「歡迎來到古往今來最最最無聊的學校！」

由美用她的烏克麗麗彈奏起一小段曲調。「古往今來……最最最無聊的學校……」

「不知耶。」我說。「米契爾也許很多地方都很奇怪，但不算是**很無聊**。」

嘉比滿臉困惑。「米契爾有什麼地方很奇怪？」

我想要說：**全都很奇怪。這裡的一切都很奇怪。還不夠明顯嗎？**但從所有人看著我的樣子，我想並不明顯。至少對他們來說並不明顯。

「好吧，首先，看看周圍。」我朝著屋宅、損毀雕像和長條形球場振臂一揮。「說真的，全地球的學校裡只有這間長這樣。還有……你們也知道……學校有**山羊**？」

「呃，當然，**那些**東西。」費歐娜說。她不以為意的擺了擺手。「但是那些都是特例。」

「除此之外，在其他學校都有規則。」我補充。

「我們有規則啊。」小柳說。她擲出兩顆骰子。「有整整一本學生手冊，裡面滿滿的都是規則。」

費歐娜掰著手指頭數了起來。「考試不能作弊……在教室裡不能丟球……不能把取餐托盤當雪橇從後面山坡滑下來。」她抬眼看了我一下。「對了，真的有這一條，就寫在手冊裡。」

「對啊。」由美笑了。「拜**妳**所賜。」

「我不是說那種規則。」我說。「我是說那些大家從來不用費力寫出來的規則，因為這些規則再明顯不過。」

「沒寫下來的，就不是規則。」費歐娜聳聳肩，好像這是件很簡單的事。

由美停止彈奏。她瞇眼看向足球場。「他們究竟在做什麼？」

狄亞哥在樹林邊緣撿起一根細長的樹枝，樹枝上還帶著數株斷折的枝枒。他跟湯瑪斯拖著樹枝走過草地，朝比較遠的足球球門後面一個地點走去。同時，提摩西朝著操場較遠的那一邊跑去。他查看一個壞掉籃框剩下的一半底座，然後拖著僅剩的塑膠底座和空心桿子朝球門走去。我注意到狄亞哥把波力那件幸運上衣半塞在他的褲子後面口袋。

費歐娜一骨碌爬起來。「不管他們在做什麼，」她說：「我想加入。」她拔腿衝過足球場，外套翻起像斗篷般啪啪作響。

狄亞哥將**選出贏家**T恤套在樹枝的一端，接著費歐娜和雙胞胎幫他把樹枝豎直。他們將樹枝底端插進籃球框底座。掛在折斷枝枒上的T恤飄動著。

就這樣，所有東西組成一個稻草人。一個古怪的無頭稻草人，身上穿著全世界最醜的上衣。

他們在底座上放了幾塊石頭，確保怪玩意兒不會歪倒。費歐娜飛跑回來找我們。「嘿！」她大喊。「我們在打造全新的波力！會幫我們大家帶來好運！快來看！」

所有人都朝著那個詭異的稻草人或雕像，或他們剛做出來的東西跑過去。亨利跑了幾步後停住，轉過頭。「凱琳，妳也來嗎？」

我想問亨利是什麼讓大家這麼難忘這個叫作波力・芬克的

同學。我的意思是，我離開某間學校，我哪可能以為家鄉會有誰立個什麼東西來紀念我？或是以為他們會為了搶我的T恤大打出手，唱誦我的名字？

不會有人這麼做。我已經有種感覺，朋友們都快記不得我是誰了。

我聳了聳肩。「我甚至沒看過波力本人。」

亨利小心翼翼打量我。「我也不是創校元老，我是到三年級才轉學過來的。所以妳跟我，我們算得上是處境相同。」

哇。所以亨利也曾去過洞穴外頭。

「還有波力。」他接著說。「他是四年級時轉學過來的。」

「呃，」我說：「我想這樣一來，我們就變成非創校元老了。」

「非創校元老。」他說，露出微笑。「對，很棒啊，非創校元老。就好像我們也有自己的小團體。」

「我們應該找件隊服還什麼的。」我說。

遠處的創校元老已經排成一長串，每個人都伸手搭著前一個人的肩膀，他們圍著足球場手舞足蹈。

「妳知道嗎，妳說對了。」他說。他別開視線，望向其他同學。「妳之前說的，說這裡的同學似乎不像其他地方的同學都知道同樣的規則。在我以前的學校，同學會偷拿我的背包。他們會把背包丟來丟去不讓我拿回來，如果我沒把背包拉鍊拉好，我的東西最後就會撒得滿地都是。有時候就連我最親近的朋友都會這麼做，他們之後會告訴我說只是在開玩笑。」他的語氣就事論事，好像一點都不覺得承認這件事很尷尬。

遠處的同學們開始唱誦。「波—力！波—力！」

「總之，」亨利說，這時他直直望著我，「我要說的是，不一樣未必是壞事。既然它在這裡，或許我們應該試著找點好玩的事來做。」

「既然什麼在這裡？」我問。

「啊？」

「既然**什麼**在這裡？那個波力稻草人？」

他頓了一下，露出困惑的表情，然後推了推鼻梁上的眼鏡。「對。」他說。「我的意思就是這樣。無論如何，我想我們現在都是創校元老了，所以一起去看看新的波力吧。」

我搖頭拒絕，他慢慢跑開。

我試著想像家鄉的朋友們唱誦我的名字：**凱—琳！凱—琳！凱—琳！**有那麼一秒鐘，我甚至能夠看見那個景象：同學們排成一長串，沿著以前學校的走廊跳起舞來，列隊經過我以前用的置物櫃前方。但只是一瞬間，景象就消失了。

訪問：亨利

不是，妳是對的，凱琳。我說既然它在這裡，或許我們應該試著找點好玩的事來做時，我在講的不是稻草人雕像那個東西。

不是的，我想我完全不是要講那個波力雕像。

我指的是一切，是這間學校。隱藏在學校裡的整個世界，就像樹林裡專屬我們的祕密碉堡。

想念妳們

　　真希望聽了亨利叫我找點好玩的事來做，我就能享受在新學校的生活，但是沒辦法。我每天還是一直傳訊息給家鄉的朋友們，覺得要是自己還在那裡就好了。她們有時回覆，有時不回。她們不回的時候大概像這樣：

> 嗨，最近好嗎

> 這邊還是超詭異的

> 不過我交了一個朋友！

> 不幸的是她還在上幼兒園（笑倒）

> 我很喜歡妳那天寄來大家的合照

> 真希望我可以跟妳們一起

> 很想念妳們

> 回我一下好嗎？

拜託

我媽說她會帶我回去找妳們

再跟我說妳們哪時候有空

我媽需要提前幾週規畫行程，她週末常常在工作

她說她現在的工作很累

我心想，媽，妳搬家之前的工作也很累。

那還不如別搬（笑）

妳看過《誰是下一個超級巨星》嗎

班上有個女生超迷的

但她也喜歡山羊

我傳了訊息說要回去一趟，妳看到了嗎？

想妳們

　　好友米菈忽然傳訊息來，告訴我她在籌備一場盛大的過夜派對，叫我一定要到。我立刻回覆：

> 我要去～～～！

> 再告訴我是哪一天！！！

> 我媽說只要提前告訴她時間就可以

> 老天，我不知該怎麼形容這裡了

> 有個同學超愛偶戲

> 班上男生都一直在玩蠢斃的摔角遊戲

> 所有人都迷上一件醜死的螢光上衣

> 有一陣子他們還會輪流穿

> 是同一件髒上衣

> 衣服現在掛在樹枝上像稻草人

> 他們說會帶來好運

或許我該偷走上衣穿去參加派對哈哈

我說真的

迫

不

及

待

　　我們來來回回傳好幾次訊息，才商量好一個我真的能出席的日期。終於敲定日期之後，我幾乎按捺不住心中的興奮。

10月27日！！！？

太棒了！！！！！

我媽說她會開車載我！！！

啊等等

那天我們學校有足球賽

我是班上第十一個人，他們需要我才湊得成一隊

算了，其實沒關係。管他的

別跟我媽說就好哈哈

她會說我一定要下場比賽。

我會回去的！！！！！

安娜・史潘也會在對吧？

哈──開個玩笑

我真的真的真的真～的～等不及要回去了

沒有波力的一個月

窮極無聊國

我要幫電視說句好話：沒有任何讓你看得很辛苦的無聊橋段。以《超級巨星》為例：節目中的高潮一波接著一波。如果達到這種效果必須要快轉，剪接師有各種呈現時間流逝的招數可用。需要快轉數小時嗎？他們可能會呈現雲朵以高速飄過空中。快轉一整天？他們會呈現太陽下山之後又升起的縮時攝影片段。他們甚至會用一些招數來呈現快轉更長的一段時間：一隻手在月曆上畫紅色叉叉，或是一頁頁日曆隨著神祕的風飄遠。

在真實生活中，你就只能辛苦忍耐，撐過每個煎熬的時刻。

又過了兩週。我唯一的心願就是快轉到米菈十月二十七日要辦的過夜派對。真希望我能剪掉此時此刻和那一天之間漫長的時間，將它們全部壓縮成步調很快的三十二秒蒙太奇影像：

剪輯片段一：夕陽照在詭異的波力・芬克雕像上。等到太陽再度升起，雕像後方樹林的綠葉已經露出大片鐵鏽色和深紅色，佛蒙特進入初秋。

剪輯片段二：以高速攝影拍攝的全班以慢動作搬動活動式羊欄的畫面。我們搬了一次又一次……每隔數天搬移數英尺遠，每次都讓足球場擴大一點。

剪輯片段三：我們為了對抗達富薩的重要賽事練習，法拉畢老師在足球場邊線幫我們加油。接著我可能在橫搖鏡頭中入

鏡，幾乎提不起勁。有什麼意義嗎？比賽那天我甚至不在現場。

我的意思不是我已經跟其他人說過這件事。

其他片段可能會呈現我跟老媽邊吃晚餐邊看《超級巨星》。或是我大步走過好日子鐘前面，每次都拒絕敲鐘。或是全班聽著法拉畢老師滔滔不絕大談生態系統。或是瑪格伸手到波力的帽子裡抽出一張索引卡，然後講出卡片上寫的東西和古代世界的連結。

瑪格遵守她的諾言。九月中旬，狄亞哥那張寫了和達富薩較勁的卡片帶來靈感，全班討論起關於世界上最早的奧林匹克運動會。費歐娜寫了**堅強的女人**和**強大的女人**的卡片，讓大家學到智慧女神雅典娜、狩獵女神阿爾特彌斯，和神祕的亞馬遜族女戰士。寫了**殭屍大戰狼人**和**地下巢穴大冒險**的卡片，引發了關於蛇髮女妖戈爾貢、地獄三頭犬和其他許多恐怖神話生物的討論。

瑪格抽到費歐娜那張寫了關於大家最喜歡的波力的回憶時，她聊起一個名叫希羅多德的傢伙，他是最早的歷史學家之一。她告訴我們希羅多德到古代世界的各地遊歷，蒐集不同人的人生故事和對於戰爭起因的理解。他將這些見聞故事匯集起來寫成一本書，書名是《歷史》。

「希羅多德讓我們知道，我們對於歷史的理解從來不是客觀的真相。」瑪格解說。「對於歷史的理解，永遠取決於說歷史的人。為了全面理解歷史，我們需要盡可能去聽更多不同人的聲音。」她告訴我們之後很快會再講到希羅多德，因為我們

要運用他的方法完成一個口述歷史作業。當然，全班一聽到就
哀嚎聲不斷。

　　瑪格的故事或許沒辦法讓米菈辦派對那天快一點到來，不
過倒是讓我有新話題可以講給毛毛聽。事實上，我想這應該也
可以是我的時間流逝蒙太奇影像的一部分：我打開一個又一個
牛奶紙盒，每天開一個新的，然後傾身講一個故事給毛毛聽。

◎

　　「然後呢？」毛毛細小的說話聲淹沒在自助餐廳的喧鬧聲
中，我幾乎聽不見她說什麼。我第一次講故事給她聽是將近三
週前的事，那天講的是波力大戰葛魔王。從此之後她每天都要
聽一個故事。

　　「那妳先吃一口三明治。」我告訴她。然後我接著講我的
故事。「當木馬終於安全進入窮極無聊國，波力從木馬上跳了
下來。『想不到吧！』他對著葛魔王大喊。哇，葛魔王目瞪口
呆！」

　　這是瑪格當天早上所講故事的兒童版本。

　　當天抽到的索引卡上寫著波力的課桌抽屜惡作劇。瑪格說
波力最棒的幾次惡作劇展現了出其不意的力量。「但是關於出
其不意的要素，歷史上最知名的例子之一就是『特洛伊木
馬』。」她解釋說希臘人想要入侵一座周圍有高牆環繞的敵國
城市，於是他們用木頭建造了一座巨大的木馬雕像，然後讓一
群士兵藏身其中。他們把雕像獻給敵軍，等到木馬通過高牆進
城之後，士兵就跳出來，將城裡的一切摧毀殆盡。

　　但是我不能講戰爭的故事給幼兒園小朋友聽，所以我改編了一下。「躲在雕像裡的不只波力。」我說。「還有他的調皮搗蛋雞部隊也一起跳了出來。那些雞在窮極無聊國裡跑來跑去咯咯大叫，嚇走山羊，把東西撞得倒了半地，而且牠們……到處屙大便！葛魔王只能揮舞著骨節突出的拳頭大喊：『我會抓到你的，波力‧芬克，還有你那些渾身羽毛的同伴！』」

　　毛毛掩嘴望著我，好像覺得我既調皮又了不起。但說實話，我只是轉述一個聽來的故事，邊講邊隨口改動情節而已。

　　「再吃最後一口。」故事結束之後我說。「要快點囉，午餐時間快結束了。」

　　毛毛吃完她的三明治時，葛博思走進自助餐廳。她踩在一張椅子上高聲說：「請聽我說，米契爾學校的同學們！我有事情要宣布！在這裡很高興……向大家宣布今天，九月十八日……」

　　餐廳裡鴉雀無聲，我瞥了嘉比一眼。她緊閉雙眼，將食指和中指交疊祈求好運，嘴裡無聲念著：**拜託拜託拜託**。

　　葛博思接著說：「……下午所有一般活動取消。因為今天是……櫛瓜日！」

　　餐廳裡歡聲震天。

櫛瓜球的相反

「開始分類！」法拉畢老師大喊。

學校後方停著一輛貨卡車，就在成排雕像附近。車上滿滿全是一堆堆的櫛瓜。有些櫛瓜簡直奇形怪狀：扭絞捲曲像是花體裝飾線條，或是矮短肥胖跟番茄一樣。也有些櫛瓜跟我的手臂一樣長，幾乎跟整條麵包一樣粗。

「一人拿一些，幫它們分類！」法拉畢老師指示我們。「把烹調用的櫛瓜放在那邊的宙斯雕像旁邊。看到這邊這顆很醜的了嗎？上面長好多瘤那顆？還有一點碰傷？這種我們叫作『櫛瓜彈』。如果是『櫛瓜彈』，就放到雅典娜雕像旁邊那一堆，就是手拿盾牌那一位。哇塞，提摩西，看看那顆有多大，絕對是最適合的櫛瓜球！把它放到無頭雕像旁邊，就是拿豎琴那位老兄。瑪格，那是誰？對了，是阿波羅！櫛瓜球放到阿波羅旁邊！」

葛博思校長在我懷裡放滿櫛瓜時，嘉比告訴我櫛瓜日是學校每年的傳統。「農夫到了九月總會有幾週採收太多櫛瓜，沒人知道該拿它們怎麼辦。」她說。「而且，沒人想買長得醜或碰傷的蔬果，長太大的又不好吃。所以校長會開車到附近各個農家收集多餘的櫛瓜。」

我把一顆大得嚇人的櫛瓜放到「櫛瓜球堆」，雖然我也不知道那是什麼意思。「是哦，可是為什麼？我們能拿它們來做什麼？」

「嗯，如果是還可以吃的，同學可以帶回家拿給家人。至於剩下的……妳很快就會知道了。」

將櫛瓜分類好之後，低年級的學生就跟著老師們去製作櫛瓜瑪芬了。我們班跟著瑪格和法拉畢老師來到足球場。場內已經架設好幾部自製投石機，是古代攻城武器的迷你版。

接下來半小時，我們在足球場上用投石機投擲櫛瓜。同時瑪格介紹起古代的戰役，法拉畢老師則要我們根據每顆櫛瓜的大小和形狀預測可能的落點。

我暗自決定見到朋友時也要告訴她們這件事。**沒錯，我們用投石機發射櫛瓜。**我想像她們圍在我身邊，全神貫注聽我描述新學校的生活。**我不是一直跟妳們說嗎，**我會說，**這裡啊，真的超怪的。**

狄亞哥將一顆長瘤櫛瓜放入投石機。在發射之前，他朝波力的雕像看了一眼。「拜託，波力。」他喃喃道。「保佑這顆飛得起來。」

那顆櫛瓜以完美的弧線俐落的飛向球場另一端。

自此之後，其他人全都開始在發射自己那顆櫛瓜時對著波力雕像說話。他們都想要自己的櫛瓜飛得最遠或最快。

「以波力・芬克之名！」費歐娜在輪到她發射時高喊。她太急著投出去，櫛瓜啪答一聲落在地面，但我想並不重要，因為大家還是一直向那個沒有頭的雕像祈求保佑。

「波力幫幫忙，讓這顆寶貝飛向樹林吧。」

「幫我投遠一點吧，波力！」

就連亨利都這麼做。有一回拋投表現特別好，他微微向雕

像致意。「謝謝你，波力。」他說。

「櫛瓜彈」全都用完之後，我們改玩「櫛瓜球」。原來是類似打棒球，只是我們把過大的櫛瓜當球棒，最小顆、最畸形的櫛瓜當成球。

輪到我打擊時，我用力揮棒擊中一顆櫛瓜，力道之大，櫛瓜在半空中直接爆開，綠色瓜塊噴得我滿臉都是。

◎

半天下來，整個球場已遍布碎瓜塊。當然，我們得負責清理殘局，把櫛瓜塊拿去餵山羊。

「妳看，我要說的就是這個。」我對嘉比說。「在真正的學校，我們不會什麼都停下來不做，跑來玩櫛瓜球。」我一直試圖向嘉比解釋，米契爾跟其他地方真的很不一樣。我試著說明大部分學校的七年級教室不會跟幼兒園在同一棟樓，就算在同一棟樓，他們也絕不會在午餐時間跟幼兒園小朋友坐同一桌。大部分學校的教室裡沒有壁爐，草地上也沒有雕像。見鬼，很多學校連一棵**樹**都沒有。

費歐娜走在我前面抱著一大堆櫛瓜，她忽然轉身。「妳知道嗎，凱琳？一直聽妳抱怨東抱怨西，我真的覺得很膩很煩。」

「費歐娜。」狄亞哥搖了搖頭。「別這樣，沒必要吵這個。」

費歐娜把手裡的櫛瓜全都摔在草地上，雙手扠腰。「不，我是認真的。」然後她模仿我說話，是之前我聽到她模仿葛博思講話時的語氣。「**真正的**學校不會有山羊。**真正的**學校要有課桌跟置物櫃，**真正的**學校啊怎樣又怎樣。」

「我從來沒說其他學校**比較好**。」我說。

「妳也許沒有大肆宣揚。」由美平靜的說。「但是妳說出來了。」

「妳講什麼真正的學校怎樣怎樣，一副米契爾不是真正的學校的樣子。」費歐娜說。「不過，**哈囉**：妳正在上學，而且這是真實人生，所以顯然真正的學校**就是**這個樣子。要是不喜歡，妳可以回家。或者轉去**達富薩**，那更好！那裡會很適合妳。」

所有人目瞪口呆。

「好了，費歐娜。」狄亞哥說。「別說了。」

「態度差！」費歐娜大喊。「**她**態度很差！」

盯著某個東西看，我告訴自己。

深呼吸。

變成石頭。

我做到前兩件事，但是不管我再怎麼努力，都一直找不到內心深處那顆石頭。

「不然妳就不要講米契爾有什麼問題，」嘉比提議，一副和事老的模樣，「跟我們說妳以前的學校有什麼是妳最喜歡的好了。」

我喜歡以前有規則，我才知道如何融入大家。我喜歡以前只要遵守規則，我就知道一定可以找到自己歸屬哪一堆硬幣。

「我喜歡以前的學校**很正常**。」我說。「我們都做很正常的事情。」

費歐娜看起來好像準備要朝我揮拳，但是狄亞哥伸手按住她的肩膀。

「**正常**……」狄亞哥沉吟，似乎在努力想通我的意思。

「正常，像是……反正就是跟櫛瓜球相反！」

「什麼是跟櫛瓜球相反？」提摩西問湯瑪斯，他只是聳了聳肩。

所有人都盯著我看。我記起去年體育課，紅色的球朝我滾過來的時候，我當場愣住不動。

「足壘球！」我終於大喊出聲。「我們玩**足壘球**，可以吧？」

接下來數秒鐘，沒人吭聲。然後，他們忽然大笑起來。

「哦，你們玩足壘球。」費歐娜說。就這樣，她似乎不再生氣了。「當然了，足壘球。」

「因為在佛蒙特這裡，足壘球是什麼，我們連聽都沒聽過。」狄亞哥說。

他們朝著羊欄走去，還是笑個不停，提摩西開始高喊：「**凱琳愛玩足壘球！凱琳愛玩足壘球！**」

我還來不及反應，其他人也全都跟著嚷嚷起來。他們邊誦唱那句話邊將櫛瓜扔向山羊群。他們也對著波力的雕像誦唱，其中幾人停下腳步作勢要和樹枝擊掌，就好像套在樹枝上的T恤那個蠢東西真的是了不起又神奇的波力・芬克。然後他們邊走向校舍邊繼續唱誦。

等其他人都離開了，我才走向羊欄。接著我將櫛瓜狠狠朝裡頭扔去。

壞心大山羊看著我，我敢發誓，牠臉上掛著嘲諷的微笑。就好像牠知道我是一枚無從歸類的硬幣，知道我永遠都找不到歸屬。

宏大戲劇

「在生態系統中，一切環環相扣。」隔天早上，法拉畢老師如此宣布。這天的科學課，他帶我們進入樹林，他們就是在附近找到那根被當成蟲波力雕像的樹枝。剛剛十分鐘，他都在解說樹木、苔蘚、蟲子和鳥類之間的連結。「每個物種剛好適合生活在它的棲地裡，就像一大片複雜拼圖中的一小塊。」他告訴我們。「擾亂其中一部分，就會毀了整個畫面。」

他開始講發生在周圍那些我們無法看見的事物。他說在我們腳下，樹木的根部交織形成網絡，彼此分享水分和養分。其他植物不會彼此合作，它們互相競爭，甚至會釋放毒素到土壤裡。

他講解時，我看著其他同學。昨天吵架之後，我確信今天早上去上瑪格的課時，會發現他們全都生氣的瞪著我看……更糟糕的是嘲笑我。但是他們沒有，一切就跟前一天或再前一天沒什麼兩樣。幾乎像是有人按了重置鈕——就像由美對提摩西跟湯瑪斯大吼說他們很吵，他們的殭屍大戰狼人蠢遊戲就又從頭開始。

或許在這麼小的學校裡，就是這樣運作的。或許人數不夠，沒辦法分出不同堆硬幣，必須一直重來。

嘉比傾身靠向我。「就跟《超級巨星》一樣。」她悄聲說。我愣了一秒，才反應過來她指的是法拉畢老師在講的——生態系統中不同部分互相合作或競爭。「有英雄也有反派，會

互相競爭跟結盟合作。」

　　我笑了笑，一部分原因是她說的有道理，一部分原因是她悄聲跟我講話證明了一點：我真的有機會從頭來過。

　　我站在那裡看著陽光從樹葉縫隙篩落，幾乎可以感覺到法拉畢老師描述的事物。就好像周圍有一齣宏偉盛大的戲劇在上演，比小我更加宏大，但是肉眼無法看見。周圍正在發生的事，遠遠超出大多數人的想像。

◎

　　法拉畢老師對生態系統非常著迷，他甚至想到辦法在足球練習裡融入生態概念。「傑出的球隊就像發展到極致的生態系統。」那天下午他告訴我們。「每個人都很重要！每個小我都為大我有所貢獻！打敗達富薩需要你們每一個人！」

　　但就我看來，這支隊伍既沒有達到巧妙的平衡，也沒有團隊合作可言。我想這就是為什麼法拉畢老師的生態系統精神喊話持續不到幾分鐘，就被挫敗之下的吶喊聲取代：

　　「別霸占著球，狄亞哥！把球傳給別人好嗎？」

　　「提摩西！湯瑪斯！你們在幹嘛？是在足球上玩機器人大戰嗎？專心練習！」

　　「費歐娜，妳不能一受挫就拿球砸隊友！」

　　跟極致的生態系統之間有相當的差距。他們立了波力雕像祈求好運，我想這算是好事。無論比賽在哪裡舉行，米契爾不能放棄任何一丁點助力。

◉

　　九月第三週，我們在休息時間來到室外，看到法拉畢老師跟一個我沒見過的女人一起。她一頭漂成淺色的長髮向後紮緊成馬尾，身上的亮藍色全套運動服繡著一個大大的字母D。原本向前走的大家全都愣在原地。

　　嘉比倒吸一口氣。「達富薩的教練。」她喃喃道。

　　山姆點頭。「他們在商量比賽要在哪裡舉行。」

　　費歐娜發出某種低沉的聲音，像在低吼。接下來數分鐘，所有人閉口不語，看著兩名教練邁步估算距離，拿出捲尺測量，然後討論測量結果。

　　「波力拜託你……」狄亞哥懇求。「快發揮神奇的力量。我今年不想再去有錢小孩的蠢地盤比賽。」

　　「以波力・芬克之名。」提摩西說。

　　「以波力・芬克之名。」湯瑪斯附和。

　　兩位教練握了握手。他們走向校舍時，我聽到達富薩的教練說：「……照規定……不符合標準……我們的隊員很努力練習……」

　　法拉畢老師的表情嚴肅極了，他幾乎不曾看我們一眼。

　　直到跟對方教練走離我們數碼遠，法拉畢老師才轉過身來。他什麼話都沒說，只是很快朝我們豎起兩根大拇指。我從沒看過他笑得這麼燦爛。他幾乎是立刻又轉過身去，繼續一臉嚴肅的點頭贊同達富薩教練說的不知什麼事，好像不曾洩漏一絲口風。

　　但創校元老此時已經在大聲歡呼、舉手擊掌。提摩西跟湯瑪斯互撞胸膛慶賀，撞得太大力，兩個人都踉蹌後退，然後立刻玩起摔角大賽。

　　對我來說沒差，我想。我甚至不會在這裡。他們在這座球場上對抗達富薩的時候，我正在家鄉參加米菈的派對。

　　狄亞哥在嘉比身後吆喝：「繞場一圈慶祝一下！」他高舉雙臂，開始繞著球場飛奔。

　　「不對！」費歐娜大喊。她指著波力的雕像。「應該繞著波力跑一圈！」狄亞哥點頭，朝雕像奔去。

　　接著，其他人全都跟著朝雕像跑去，口裡喊著：**勝—利！看吧，我就說波力會帶來好運。**

　　當他們再次開始唱誦波力的名字，他靜默佇立，**選出贏家**T恤被微風吹得啪答作響，像是某個荒謬新國家的旗子。

我寧願做這十五件事也不願踏足達富薩
狄亞哥・席瓦的清單

1. 拿沙子揉自己的眼珠。
2. 被封在一大缸萊姆果凍裡整整三年。
3. 被蠍子螫。
4. 被一萬隻有著葛博思校長的臉孔、講話聲音像米老鼠的蠍子螫。
5. 不小心對著葛博思校長喊「媽」。
6. 赤腳走在撒滿樂高積木的小路上。
7. 連續九年被綁在椅子上聽由美用烏克麗麗彈同一首歌。
8. 手臂變成義大利麵條。
9. 手臂變成霸王龍的前肢。
10. 手臂變成霸王龍的前肢，而且鼻子不停發癢。
11. 用舌頭舔臭鼬。
12. 跟我那天以為波力做的一樣吃下整罐美乃滋。
13. 跟嘉比自首其實每一季《超級巨星》我都偷偷看過。而且看了兩遍。
14. 用火燒自己的眼珠。
15. 其實什麼事都可以，因為沒有任何事比達富薩更糟糕。

訪問：法拉畢老師

聽著，我要實話實話。對抗達富薩會非常吃力。達富薩隊的孩子出賽時，準備的一切都會是最好的。專業水準的足球鞋。真正的足球教練，不是什麼熱心的科學老師。時髦的排汗快乾運動褲，上面還裝飾著學校校徽。我們米契爾還沒有自己的隊服，大家只能將就穿家裡能找到的綠色T恤。

我們有一些隊員表現很不賴，而他們的球技一年比一年進步。不過米契爾的孩子一見到達富薩校隊就會出狀況，他們全都嚇壞了，彷彿開場哨音還沒吹響，他們就先敗下陣來。

直到最近，我們也一直都要處理波力的問題。

究竟要怎麼精確描述波力的球技呢？波力會去踢球，但是不僅踢球落空，還會因為踢太大力而兩腳打滑，整個人向後翻倒。下一秒鐘，他就跟查理・布朗一樣躺在地上了。兩年前，我可不是在開玩笑，比賽比到一半，波力抱起足球，然後把球當成籃球運球跑向場地中間。妳知道要運一顆足球跑過草地有**多難**嗎？

有時候我在想，他做這些事是不是故意的，就像某種行動藝術家。好比説他其實不是參加比賽，而是對整場比賽做出某種評論。

總之，波力有時似乎就像**厄運符**。

所以要是創校元老想要相信他們自己建造的那個波力雕像，算是把厄運符換成了幸運符？我沒有意見，我絕對不會叫

他們拆了雕像。

　　誰知道。波力今年不在，加上同學們相信自己有幸運符護身，也許今年我們終於有機會擊敗達富薩。

榮耀和名聲

　　九月最後一週的週一，瑪格從波力的帽子裡抽出另一張索引卡。她將卡片舉高，上面寫著：**誰是下一個超級巨星**。她思索了一下，然後走到黑板前寫下：

名聲

然後在下方寫下：

κλέος

下方再寫下：

名望、榮譽
名留青史

　　她轉過身。「希臘人相信只有眾神能夠永生不死。所以他們如果想要達到某種不朽的境界，最有可能的方式就是在人生中有所成就，讓大家在他們離世之後仍然津津樂道。『名聲』或『kleos』這個字就代表了他們對於自己可能名留青史的憧憬，和『kluein』這個字有關，意思是『**聽見**』。所以『kleos』的意思很容易從字面上理解，就是**大家怎麼談論一個人**。」

　　她告訴我們「名聲」的相反，就是英文裡的「**遺忘**」。「這就是大部分人會碰到的。相對於每個類似柏拉圖這樣名聲流傳至今的人，就有數不盡的其他人出生然後死亡，完全遭人遺忘。」

　　完全遭人遺忘。這句話讓我覺得好沉重。幾乎像是內心**深處**的那顆石頭變成一顆大石，直接壓在我的胸口**上面**，讓我快要喘不過氣。我想可能是因為我傳了大概一百萬次訊息給米菈問她過夜派對的事：我問她二十七號我應該幾點鐘到她家，到她家開車要四小時，我是不是應該先吃晚餐，還有我媽需要知道她是否有必要取消她那天下午所有行程。我提議可以買「甜甜圈夫人」的甜甜圈帶去她家，問她要買幾個比較好。我想也許我一直問很煩人，因為米菈完全沒有回覆。

　　我舉起手。「瑪格？」

　　她看起來很驚訝，我意識到這是我來到米契爾之後第一次在課堂上舉手發問。有一部分的我想要用屁股壓住自己的手然後閉緊嘴巴，但我看到瑪格朝我露出一絲微笑。

　　「呃，假設有個人是其中一個幸運兒，剛好能讓大家記得他。」我說。「問題是，大家記得的甚至不是**這個人**，不是真的記得他本人。」

　　瑪格看起來好像在努力搞懂我的意思，但就連我也不太確定自己想說什麼。「就像講洞穴故事的那個人。」我繼續說。「那個柏拉圖。我是說，妳說他達到了某種，妳是怎麼說的，獲得了『名聲』，對吧？」

　　她點點頭。「他肯定做到了。」

「那我們對**他**的了解又有多深？」

「嗯，既然他是兩千年前的人，我會說我們對他算是有相當程度的了解。不過請妳繼續說。」

「我要說的是……我們知道他**真正**做過什麼事嗎？像是，我不知道，他以前——」

我語塞了。自從亨利告訴我他以前學校的事，說以前那些同學會把他的東西拋來拋去，我心中就有什麼揮之不去。那些同學是混蛋。我是說，非常明顯。但要是讓安娜・史潘來講我的故事，大概也會讓人覺得我是個混蛋。

她描述的人不會是**我**。安娜根本就不了解我，她只知道我人生中的某些片段。但是在她後半輩子，她提到我的事卻可以想怎麼講就怎麼講？**這樣**公平嗎？

「只是，就算我們真的記得某些人，我們記得的事情似乎還不夠。」我說。「它們……並不完整。」

我看到瑪格小心翼翼打量我，考慮該說什麼。

「當然，除非你是波力・芬克。」我補充。我只是想說個笑話，但有可能一下子說溜嘴，講出了真心想批判的話。「那麼當然，大家**每件事**都會記得。」

由美點頭。「波力確實獲得了『名聲』。」她說。

「波力名聲**響亮**。」狄亞哥。

瑪格微笑。「他確實做到了。」

「你們知道嗎，我真希望可以花錢**請**一個新的波力。」狄亞哥說。「只要找一個新的波力，讓他偶爾穿著公雞裝來上學就好。」

「可以像在演莎劇。」由美說。「莎士比亞有一些劇作描寫的是真實人物，像是凱撒跟那些國王，亨利幾世還理查幾世的。現在這些角色都由不同的演員反覆扮演，每個人對於角色的詮釋都不一樣，但他們扮演的都是同樣的人物。」

瑪格開始說明這些人物都是很棒的獲得「名聲」的例子，這時嘉比開口打岔。

「超級巨星節目做的也一樣！」

由美翻了個白眼。「嘉比，不完全一樣。」

「但是很像啊。」嘉比說。「不同的人努力想抓住當超級巨星的精髓。」

「大家也知道，這跟我們需要的差不多。」費歐娜說。「我們失去了真正的波力，但我們可以做的，就是找一個人來扮演波力。這個人的正式工作就是讓上學變得……**令人難忘**。」

「是我提的主意。」狄亞哥堅持。「我剛剛就是這麼說的。」

瑪格努力想要將話題帶回「名聲」，但才說了幾個字，嘉比就從座位上跳起來。

「哦我的天啊我想到全世界最棒的主意！我們應該辦個比賽！跟《超級巨星》一樣！」

所有人望著她，一臉困惑。嘉比的視線落在遠方，雙手揮動著，好像在念巨大螢幕上的字幕。「誰是下一個了不起的波力·芬克！」

狄亞哥跟著複述，陷入沉思。「下一個了不起的波力·芬克。」

　　「嘉比，」山姆說：「這可能是有史以來最棒的主意了。」

　　「沒錯。」亨利點頭。「真的是一個非常棒的主意。」

　　「是**我**先想到的。」狄亞哥再次強調。

　　「老實說，狄亞哥，那是**我**出的主意。」費歐娜。

　　「是我講到由演員扮演莎劇裡的角色，」由美反駁，「所以應該也算是我——」

　　「是嘉比的主意！」我大喊。

　　亨利傾身向前。他用力眨了眨眼。「可是嘉比，」他說：「要怎麼進行？」

劇情轉折

　　休息時間，我們坐在波力雕像下方。嘉比向大家解釋所有實境秀的基本前提，彷彿我們一無所知：普通人來參加比賽，接受很多挑戰，看誰能贏得某個頭銜。每回挑戰都會有一個人遭到淘汰，最後只會有一個人留下，這個人就是贏家。

　　「嘉比，我們都**知道**實境秀是在幹嘛。」狄亞哥說。「問題是我們**這次**要怎麼進行？舉例來說，我們要挑戰什麼？」

　　「好，讓我想一下。」嘉比說。「那麼，《超級巨星》裡的挑戰都是在考驗明星跟演員必須很在行的事，像是唱歌、跳舞、跟觀眾打成一片、成為話題人物。」

　　她旁邊的費歐娜很快在紙片上記下。「**考驗某些特點。**」她嘴裡喃喃念著，同時手中的筆飛快揮動。

　　「但就這次來看，」嘉比接著說：「我們要考驗能否展現**波力**的特點，就表示我們需要……」她皺起眉頭。

　　老實說，我很想聽聽看她接下來要講的。就算聽他們說過這麼多波力的事蹟，我還是覺得他不像真人。他給我的印象，半是稻草人，半是穿著公雞裝和葛魔王大戰的假想超級英雄，就像我講給毛毛聽的那些故事裡的樣子。

　　此外，這個大賽到底要怎麼進行？怎麼可能把**一個人**給替換掉。

　　「好吧。」嘉比擺了擺手。「我們可以晚點再想有什麼可以挑戰。先來討論獎品，最後通常會有一個大獎，像是跟唱片公

司簽約。」

　　大獎，費歐娜記下。然後她抬起頭。「也許我們可以找達富薩那個老搖滾明星幫贏的人跟唱片公司牽線？」

　　「想都別想。」狄亞哥說。「我們絕不找任何達富薩的人幫忙。」

　　「而且，」由美說：「就算舉辦這個大賽有點道理，還是需要符合**波力**風格的獎品。」

　　所有人沉默了數秒鐘。

　　「名聲。」亨利提議。「我是說，贏家會獲得名聲，對吧？」

　　「還不夠。」費歐娜說。「如果我們要選出贏家，就需要頒發──」

　　「就是它！」狄亞哥環顧全班。「**選出贏家**啊，懂了嗎？」

　　「那件Ｔ恤！」提摩西大喊。

　　「很好。」費歐娜說。她寫下：**贏家獲得幸運Ｔ恤。還有名聲。**

　　「還有，我們需要至少一位評審。」嘉比說。「要有人拍板決定每次挑戰之後要淘汰哪個人。當評審的人通常最好是嚴格一點，甚至可以有點**討人厭**。」

　　「葛博思！」莉迪雅大喊，但是小柳搖了搖頭。

　　「不可能的。」她說。「葛博思不可能答應。」

　　「葛博思要是知道這個大賽，會以迅雷不及掩耳的速度停辦。」山姆附和道。

　　「嘉比，我還是不懂。」由美說。「妳為什麼要一直看這個

節目？每集都看，每季都看。看來看去不都一樣嗎：什麼挑戰，淘汰，頒獎儀式，結束。重來一遍。怎麼可能都看不膩？」

「嗯……」嘉比思索了一分鐘。「跟人有關，懂嗎？參賽者全都不一樣，他們**隨時隨地**都在一起，所以會開始互相惹毛彼此。一陣子之後，他們就開始鬥來鬥去，然後──」

「那這裡**已經**是實境秀了。」我打趣道。

費歐娜跳了起來。「妳！」她指著我。一開始我以為她在罵我，就像櫛瓜日那天一樣。但她看起來不但沒生氣，反而滿面笑容。「評審非**妳**不可！」

等等。什麼？

「**妳**必須當評審！」她堅持。

我瞪著她。穿著紅色套裝的她站在那裡，過長的褲管沾了厚厚的泥巴。她的鼻孔大張，雙頰泛紅，看起來好像某種嬌小但凶狠的彩色鳥類，準備朝獵物痛下殺手。

「對！」狄亞哥點頭。「凱琳，應該由妳來負責。」

不行。絕對不行。

「太完美了！」費歐娜又說。「妳老是在發脾氣，一直講我們不知道什麼蠢規則。現在妳可以幫我們訂定規則啦，正式的規則。」

「其實非常有道理。」嘉比說。

「但我從來沒有看過波力。」我說。

「有什麼關係！」費歐娜說，同時狄亞哥說：「管他的。」

亨利小心的望著我。「妳確實沒看過他，」他說：「但這表

示妳可以很公平。妳應該當評審。」

　　於是我又轉向由美，但她也在點頭。「我想妳非當不可。」她說。

　　我試圖抗議。我真的提出抗議，但是所有人就開始大喊我的名字，好吧……我想你已經知道最後會變怎樣。

訪問：亨利

凱琳：

　　沒想到你竟然想要參加這個大賽，亨利。感覺似乎很蠢，而你一直都很認真，就像那些你看到入迷的小百科。

亨利：

　　我們剛搬來這裡的時候，我看得最入迷的是一本《野外求生必備知識》。書裡頭有各種資訊，像是**打獵季節不要穿橘色衣服去森林。如果在森林裡遇到黑熊，絕對不要逃跑；熊跑得比你還快。浣熊是夜行性動物，如果在白天看到浣熊，務必保持距離**，牠有可能感染了狂犬病。書裡大多數的知識，只要在這裡住一陣子都能學到。

　　但是有一項知識是書裡沒提到的：**暴雨之後絕對不要站在離河流太近的地方**。原來是因為浸滿水分的河岸土地有時候會崩塌。我是吃了苦頭之後才學到教訓。搬來第六個月前後，我在下雨過後站在米勒溪岸邊，腳下的地面就……塌掉了。我滑落水裡，被沖到下游大概一百碼的地方。後來一整年我噩夢不斷，但即使如此，我算是運氣很好。有些人再也沒爬上岸。

凱琳：

　　天哪！

亨利：

　　很慘吧。嗯，這就是我對波力沒回來的感想。就好像他滑落水裡，而我們全都不知情……也許我們所有人腳下的地面都比我們以為的還要脆弱。這次大賽感覺也像是，我不知道，把波力拉回我們這裡的機會吧。就算做不到，至少大家跟著他掉下去還會在一起。

誰是下一個了不起的
波力・芬克

困「箱」之鬥

　　我告訴班上同學說我需要一點時間思考大賽的事。其實我對波力是什麼樣的人毫無概念,更別說要設計可以考驗能否展現波力特點的挑戰。我問大家他有沒有在用網路平台帳號分享照片。

　　他們只是互望一眼然後大笑。由美解釋說他們唯一看過的波力個人檔案,是某個叫作「箱子人」的東西。他們試著形容給我聽,但是一下就開始歇斯底里的狂笑。

　　「妳得在當場才會懂,我想。」費歐娜說。

　　那天晚上回到家,我上網搜尋「箱子人」。我找到了,但是……我**不懂**。就只是一大堆頭戴紙箱的小鬼照片。我點開一張拿著幾根火柴的「箱子人」照片。照片標題:**薪火「箱」傳**。

　　我點開下一張。箱子人坐在一棵樹下面,雙手捧著方正的箱子下巴。照片標題:**箱子外思考**。

　　我再次點擊滑鼠。箱子人靠在一面磚牆上,倚靠的地方剛好是和另一面磚牆的相接處:**困「箱」之鬥**。

　　甚至有一張箱子人坐在葛博思辦公室的照片。肯定是他偷溜進去拍的,因為照片裡看不到校長本人。但他站在校長書桌旁邊,低垂著箱子頭,一副遭到訓斥的樣子。標題是:**怒目「箱」向**。

　　真的嗎?他們狂笑是因為看了**這個**?

　　我真的完全不理解：不懂他們為什麼要喃喃念著**以波力・芬克之名**，不懂他們為什麼要立一個雕像紀念他，也不懂他們為什麼覺得自己需要另一個波力。我的意思是，如果在我以前的學校有這樣一個同學，我們所有人對待他的態度很可能跟對待安娜・史潘一樣。

　　我要怎麼主持這個大賽？我覺得自己有點像是箱子人：退無可退，只能作困「箱」之鬥。

　　於是我要他們把記得的所有波力事蹟都告訴我。

訪問：狄亞哥

我要告訴妳一件波力的事，保證妳沒聽過：那傢伙是孩子王，簡直就是小孩心目中的超級偶像。

比方說去年春天有一次，法拉畢老師宣布要玩團體鬼抓人，由六年級帶隊，基本上就是帶著幼兒園小朋友、小一生跟小二生玩一場大型捉迷藏。好吧，面對現實：小朋友很不會玩團體鬼抓人。他們個子太小，跑不了多遠，要抓他們實在容易得不得了。

但是波力舉手說：「我跟小朋友一隊。」

「對了，就是我剛剛說的。」法拉畢老師說。「你們都會跟小朋友一隊，每個人負責帶兩或三個小朋友，然後──」

波力卻說：「不是，法拉畢老師。我負責帶全部的小朋友。」

我們全都心想**搞什麼**──？因為波力在體育方面的表現彆腳極了，這樣戰力差太多，根本沒得比。

法拉畢老師聳了聳肩，波力叫所有小朋友圍到他身邊。然後他們全都跑去躲起來，只剩下我們開始數數。

跟妳說啊，全世界最不會躲的就是小朋友，是大家公認的。有的小朋友躲在樹後面還偷看，結果樹幹細到根本遮不住人。有的只是蹲在地上縮成一團搗住自己的眼睛，還有一些小朋友會躲在**那些**小朋友後面。這些小鬼根本沒辦法跑回基地。

我們創校元老剛開始走沒幾步，就聽到怪聲。幾乎像是警

鈴在響：「喔─咿─喔─咿─喔──咿！喔─咿─喔─咿─喔──咿！」波力站在那裡，兩手圈成喇叭狀呼喊著。他一發出怪聲，小朋友就全都跑出來，簡直傾巢而出。他們同時朝著基地跑去，人太多，我們根本來不及抓。

　　我記得由美當時還説：「怎麼回事？」同時一大票小朋友轟隆隆衝過她身旁，全都安全回到基地。

　　費歐娜在旁邊笑翻了，大喊：「徹頭徹尾的小朋友大進擊！」

　　就跟這裡幾乎每件有趣的事一樣，全都是因為波力‧芬克。好像那次香蕉皮之亂……請法拉畢老師講給妳聽！

訪問：法拉畢老師

好吧，我承認波力那次香蕉皮之亂全是我的錯。

去年，六年級同學要交一份研究報告。題目可以選自己喜歡的，只要內容能顯示他們了解如何進行科學研究。

大多數同學選的題目都很好。狄亞哥的報告題目是大王烏賊，嘉比研究食肉菌。由美決定研究不同類型的音樂如何影響班上同學玩記憶遊戲時的能力。

可是波力呢？他想不出來要做什麼題目。我得先說，腦力激盪難不倒他──那孩子是點子製造機。只是他的點子算不上所謂務實可行。

波力的第一個點子很聰明，但古怪得不可思議，而且根本不可能執行。聽起來是在某一間博物館有個罐子，裡頭有伽利略的三根手指和一顆牙齒，然後在紐約市的一個保險箱裡，存放了愛因斯坦的兩顆眼球。可能是在奧地利吧，有一家基金會收藏了莫札特的頭骨。波力提議要收集所有的身體部分，用來創造一名超級天才。

要寫故事的話是絕佳點子，不過當成科學報告題目就不怎麼理想。首先，就算他真的**能夠**集齊世界各地死人的遺體碎片造出天才科學怪人，要在四週內完成的可能性也非常低。

「告訴我一個你能實際去做的題目，好嗎？」我說。「簡單的就好。」

一週後，波力交給我一張紙，上面寫著新發想的題目。等

等，我好像把它收在某個地方……

……好，找到了：熱帶草本開花植物 *Musa acuminata* 子房壁表皮發育部分分解之影響及其對於人類四方拔履之意義。

聽聽看他交給我的摘要：

> *Musa acuminata* 是一種熱帶草本開花植物，人類社會運用此種植物的歷史十分悠久，最早在公元前五〇〇〇年就有人栽種。今天，很多社會都食用該植物攝取養分，它的子房壁表皮發育部分通常遭到丟棄，則可用來餵飼家畜或堆肥。我的研究主要是觀察它的子房壁表皮發育部分如何分解，以及在分解過程中不同的時間點如何融入人類環境。

坦白説，凱琳，我當時只是大略瀏覽。學校裡一半的學生都提了報告題目，我平常也忙著教課和當教練。所以看波力的摘要時，我以為波力家有一棵死掉的盆栽還什麼的，而他想把它拿來做實驗。

聽我説，要是時光倒流，我會有不同的反應。

我會查一下 *Musa acuminata*。然後我就會發現，這個拉丁文名稱就是香蕉的學名。然後我會多留意「子房壁表皮發育部分」，其實就是植物果實的外皮。換句話說，就是在講香蕉皮。

至於「四方拔履」，就是走來走去。

意思就是他提的題目可以這樣解讀：

「爛香蕉皮對於⋯⋯走來走去人類的影響。」

好吧，說得更簡明易懂：

「我要把爛香蕉皮放在地板上，看看會不會有人滑倒。」

波力也放了香蕉皮給我踩嗎？有，他當然放了。我就說啊，這孩子是邪惡天才。

訪問：狄亞哥和費歐娜

狄亞哥：

　　波力連續好幾週天天吃香蕉。沒多久就有一大堆香蕉皮，他把果皮分別放進塑膠袋封起來。我跟你說啊，凱琳：過了幾週，香蕉皮就變得很噁爛。

費歐娜：

　　它們會黑掉，變得水水的，然後開始冒泡泡。

狄亞哥：

　　波力把裝了香蕉皮的袋了藏在學校裡好幾個地方。要不了多久，就開始出現果蠅。一開始只有少少幾隻。妳也知道，飛來飛去很討厭。但不到一週，就蔓延成災。

費歐娜：

　　到處都是果蠅。每條走廊、每間教室全都是……老師們上課上到一半還得打果蠅。

狄亞哥：

　　一走進學校裡，就有一大群果蠅圍上來。

費歐娜：

　　沒人知道原因！只有波力知道！

狄亞哥：

　　最後葛博思逼我們大掃除。清理櫥櫃，清理健身袋，清理整間學校。這時候她才搞清楚發生了什麼事。

費歐娜：

　　他們不得不──〔講不出後半句，因為她笑翻了〕

狄亞哥：

　　他們不得不──〔講不出後半句，因為他也笑翻了。〕

費歐娜：

　　燻蒸！他們不得不燻蒸消毒整間學校！

　　〔錄音結束前整整三分鐘皆是模糊不清的笑聲〕

訪問：嘉比和由美

嘉比：

　　老天，葛博思為了果蠅的事火冒三丈。至於瑪格，她只是大笑。她告訴波力說他是莎士比亞的傻瓜。

由美：

　　嘉比，我記得她那時其實是說：「你是從文學作品跑出來的角色，波力・芬克。你是原型人物，是莎士比亞的傻瓜。」

嘉比：

　　好吧，但是我們大都只關心傻瓜的部分。聽到老師說學生是傻瓜的機會可不是每天都有。

由美：

　　瑪格接著向大家解釋，應該說向**其他人**啦，因為我早就知道了，說莎士比亞的傻瓜一點都不傻，他們其實比其他人更有智慧。胡作非為是他們嘲弄有權有勢的人的一種方式。我還記得瑪格說：「諷刺傲慢的人，智取虛榮的人。」我記得確切的用字，因為我以這句話為題寫了一首歌。妳想聽的話，我可以現在彈──

嘉比：

　　那時我恍然大悟：「噢，莎士比亞的傻瓜就是搗蛋鬼的另一種説法！」我想著莎士比亞不知道會怎麼看待爵黛麗熙，但

是瑪格開始講起社會上確實存在莎士比亞的傻瓜，他們勇於一語道破真相。她講到波力的舉動可以和這個悠久的傳統相互連結，愈講愈慷慨激昂，她講了好久好久，波力終於抬頭看她。我記得他眨了好幾次眼，然後說：「等等，是在跟我說話嗎？」

由美：

　　沒人看得出來，他究竟是在關於傻瓜的對話中扮演傻瓜，還是單純只是心不在焉。

嘉比：

　　一週之後怎樣呢？波力來上學時，從早到晚都在學莎劇角色講話。我發誓，他肯定整個週末都在讀莎劇，因為他一開口就是：「給夫人問安，在此明媚早晨，您可安康無恙！」還有「見過好老爺！依在下看，今兒個早上吉祥安好。」都只是很咬文嚼字的打招呼方式。

由美：

　　我記得他跟一位老師說類似「吾謹懇求閣下屏棄於壁爐旁運使鉛筆的受詛苦勞」的話，其實就是用他的方式拜託老師別出作業給我們寫。

嘉比：

　　然後葛博思大吼叫他不要在走廊上跑那麼快，他轉身豎起一根小指頭鄭重宣示：「吾唯願與汝形同陌路。」
　　校長的反應是：「啊？」

由美：

　　隔天早上，波力又恢復原本正常的樣子，講話跟其他同學沒什麼兩樣，就好像前一天的莎士比亞事件根本沒發生過。

煞有其事

　　九月最後一週，我忙著蒐集波力的事蹟。每到休息時間，我就去訪問同學波力做過什麼事，還錄下他們的回答作為正式紀錄。我告訴創校元老，訪問能幫助我設計出最適合的挑戰。但是沒多久我就發現，自己其實滿喜歡訪問別人。一按下錄音鍵，一切就由我主導，我可以提出問題，照我想要的任何方式引導對話。不管我問什麼，他們都會回答。那些事蹟也很有趣……是逗毛毛開心的絕佳素材。最棒的是，訪問其他人可以轉移注意力，我就不會一直想著米菈的過夜派對。

　　不過也有訪問沒幫助的時候，那就是沒辦法幫我搞清楚這次大賽的方向。

　　我晚上回家重看《超級巨星》，嘉比說的沒錯：所有的挑戰都跟表演有關。和波力・芬克的傳奇一點關係都沒有。

　　數天後，創校元老開始對我失去耐心。

　　「我們可以辦一場盛大的殭屍與狼人對戰。」提摩西在我們走去餵山羊途中提議。

　　「或者妳可以要我們賽跑之類的。」狄亞哥建議。「像在辦奧運。」

　　費歐娜兩手一攤，十分氣惱。「你們這些蠢蛋，什麼殭屍，什麼賽跑，跟**波力**有什麼關係啊？」

　　「只要想想看妳聽到那些波力的事蹟。」嘉比悄悄跟我說。

　　「別擔心。」我告訴他們，希望聽起來一切都在掌握之

中。「我們很快就會開始舉行大賽,再訪問幾個人就可以了,行嗎?」

「那是**哪時候**?」費歐娜問道。「什麼時候可以開始?我想要現在就開始比賽!」

「週五。」我脫口回答。「週五下午會宣布第一項挑戰是什麼,行嗎?九月二十九日。那天要練足球。」

但是到了週五下午的練球時間,我還是想不出什麼很棒的點子。我的意思是,**又不會有什麼說明手冊可看,世界上沒有主辦實境秀幫從沒看過的國中生找到接班人入門指南!**

練完球後,他們圍在我身旁,等著聽我宣布是什麼挑戰。我凝望染上火紅秋色的遠方群山,心跳加速。我可以叫他們比賽吃三明治,我想,但似乎很蠢。波力是不是用過亮粉來惡作劇?但是用亮粉可以辦什麼比賽?還有「我來自天上群星」那件事……跟公雞裝,然後有一次他整天講話都學……

「莎士比亞!」我脫口而出。「給你們的第一項挑戰跟莎士比亞有關。」

「是**什麼樣**的挑戰?」狄亞哥問。「要念莎劇?」

「我宣布:週一是學莎士比亞講話日。」我說。

雙胞胎搖了搖頭,踢著地上的沙土。費歐娜皺了皺鼻子,好像聞到某種惡臭味。

由美清了清喉嚨。「凱琳,」她說:「莎士比亞我**熟得很**,但我不確定在場的大家……呃,對莎翁的作品是不是也如數家珍。」

費歐娜做了個鬼臉,模仿起由美。「我不確定在場的大家

對**莎翁**的作品是不是也**如數家珍**。」

　　「由美要說的是，」狄亞哥說：「我們以為應該是一些真正的挑戰，賽跑之類的，像是奧運或其他大賽。」

　　「我要說的其實**不是**那個，狄亞哥。」由美說。

　　「什麼爛挑戰嘛！」提摩西大喊，其他人紛紛附和。

　　「爛挑戰！爛挑戰！爛挑戰！」

　　聽著，我也不覺得這是什麼**好**點子。只是這剛好是我唯一想到的點子。

　　「莎士比亞。」我說得煞有其事。

被黑夜吞噬

那天晚上，我跟老媽在看《超級巨星》，手機嗡嗡嗡響了起來。是米菈打視訊電話過來。「很可能是想找我幫忙籌備過夜派對。」我說。我衝進臥室，關上房門。

接通的時候我有點驚喜，我看到螢幕上不只有米菈的臉，還有其他好多老朋友。「嗨！」她們齊聲說。

「啊⋯⋯嗨！」真不喜歡自己迫不及待的語氣。

去年的朋友們全都在。還有幾個女生，我知道她們是誰，但沒怎麼相處過。「哇，」我說：「妳們在做什麼？」

米菈湊近螢幕。「是我的派對。」她說。「我們不得不提前，因為琪琪二十七號要去別的地方。如果這週末不辦，到感恩節之前都沒機會了！」

等一下。怎麼可能是米菈的派對。派對上應該要有我才對啊。

但是她們沒等我就辦了派對，只因為某個叫琪琪的人那天要去別的地方。

「可是琪琪是誰？」

「她今年才從俄亥俄州轉來。」米菈說。「真不敢相信妳們不認識，感覺真怪。」她轉動鏡頭，於是我看見一個陌生的深色頭髮女孩。她揮揮手，所以我也揮了揮手。

米菈再次出現在螢幕上，不過只有一下子。「等等哦。」米菈說，接著就轉過頭。我現在只能看到她的髮際線和一邊耳

朵特寫。「妳跟傑瑞米說我們會在這裡？」她問某個人。

　　然後回頭跟我說：「天啊，傑瑞米・紐貝和他那群兄弟要當不速之客。」

　　我笑了，但沒有任何事讓我覺得好笑。

　　「來跟大家打個招呼。」米菈說。螢幕上出現一個又一個同學。我看到的大都是晃動中一團模糊的畫面。我能分辨一些熟悉的細節──牛仔褲下的膝蓋，掛在牆上有裱框加白邊的米菈家全家福照片。一個朋友的眉毛。另一個朋友大笑時半開的嘴唇。影像都馬賽克化了，她們忽而定住不動，忽而活動起來。

　　大家的問候都差不多。「**妳好嗎？佛蒙特州好玩嗎？那裡漂不漂亮？**」在問下一個問題之前，她們會轉向彼此說些比如：「**不對，不是那個。我討厭那部片。等下，先按暫停！**」然後回頭跟我說話：「**等等，所以學校怎麼樣？我媽說佛蒙特真的很漂亮。妳碰到帥哥伐木工了嗎？**」

　　我不知道怎麼說自己過得好不好，或佛蒙特州是什麼樣子，也不知道怎麼形容抬起頭環顧四周只見一座又一座山，怎麼也出不去或進不去的感覺。我也不知道怎麼描述剛開學那幾天像是一直下潛到游泳池池底的感覺：驚慌、緊繃。而且我絕對沒辦法描述自己最近一直想到安娜，更別說要解釋原因。

　　我微笑，說一些**覺得這個州的牛比人還多**之類的話。我很確定這不是真的──雖然這是其中一件大多數人都相信的事，但其實不是這樣。

　　對，這裡很漂亮。怎麼說呢，風景超棒。

　　有一個搖滾明星住在我們家附近。我一下子想不起來他的

名字，但他真的很有名。

　　班上同學找我主持一場大賽。很難解釋，總之是其他同學推選的，很酷吧。

　　但是似乎沒有人特別有反應或感興趣，不久後，米菈回來了。「嗨，我回來了。」她說。

　　「所以……呃……噢，安娜・史潘過得如何？」我問。我試著讓自己聽起來像是隨口問問，就像我們以前每次聊到她時用的語氣。

　　「等等，先不要傳訊息給他！」米菈說，不是跟我說。然後她轉回我這邊。「誰？噢，安娜？跟平常一樣討人厭吧，我想。我今年其實沒怎麼看到她。」接著畫面又是一陣亂晃，同時米菈大喊：「他回什麼？等下，我來了！」

　　我說我得先離開，她沒有意見。我趁她還在揮手道別時就掛斷，因為我想當那個先掛電話的人。

　　然後就剩我一個人了，周遭似乎比之前更加寂靜。

　　我出了房間走向廚房，老媽露出笑容。「米菈好嗎？很期待吧？」

　　我告訴老媽派對時間不得不提前，她們現在就在開派對。我說沒什麼大不了的，但是老媽皺了皺眉。

　　「沒關係。」我說。「反正那天我其實也要去參加足球賽，所以我很可能根本就沒辦法去聚會。」

　　我走出去，站在俯瞰後院的窄小門廊。那天晚上看不到月亮，夜色濃厚得幾乎像是能夠將人吞噬的惡魔。**也許波力・芬克就是這樣，我想。也許他只是被黑夜吞噬了。**

　　過了一會兒，老媽也走出來。她幫我披上一條毛毯，揉了揉我的肩膀。我抬起頭，天空遍布無數星星。

　　直到剛剛，我一直告訴自己佛蒙特州只是我住的地方，暫住而已。我一直相信我的家鄉、真正的家，在其他地方。

　　但是現在我不太確定了：我從前以為是家鄉的地方已經不是我的家鄉了。再也不是了。

◎

　　週一去上學，我看到雙胞胎站在瑪格的教室外面，兩個人咧嘴傻笑。他們看起來似乎有什麼陰謀。

　　「呃……哈囉兩位。」我說。

　　兩人同時拉開他們的運動衣。我看到他們在裡面穿了一樣的綠色 T 恤，上面用黑色粗麥克筆寫了幾個字母。

　　我再仔細看了一眼。湯瑪斯身上畫了「**不 2B**」，提摩西身上畫了「**2B**」。看得出來他們在等我的反應。

　　不過我沒反應過來。**不 2B？2B？**到底是什麼……？

　　「等等。」提摩西說。然後他們交換位子。這下變成 **2B** 在前。

　　「2B 或不 2B。」我念出來，終於搞懂了。是莎士比亞最有名的一句台詞——**要活還是要死（*To be or not to be*），此即問題所在**。

　　莎士比亞大挑戰。在米菈打那通視訊來之後，我其實就完全忘記那個找波力大賽。

　　但是等我踏進教室才知道，全班顯然只有我忘了。

訪問：費歐娜

　　沒有，莎士比亞大挑戰有什麼好覺得興奮的，不過我可不打算輸給其他人。

　　所以我這麼做：回家之後上網搜尋「**如何學莎士比亞講話**」。我以為會查到一些建議——像是把「你」改成「汝」，講起話來之乎者也文謅謅的，就能讓普通的句子聽起來像是「**吾刷淨齒牙**」，或是「**有朝一日吾欲痛擊汝之後腦勺，狄亞哥先生**」。

　　可是我搜尋到的跟我想像的完全不同。

　　我一直以為莎士比亞很古板——就像是人文教室裡那幅畫像裡瞪著我們的歐索普老頭才會看的東西。沒想到，莎士比亞超會罵人！他的劇作裡有好多貶低或批評人的句子！甚至有好幾個網站專門匯集他的罵人金句。有些實在太精采了，我竟然從來沒想到。像是：

　　「**見汝直令吾作嘔**」。「老兄你讓我想吐」的莎士比亞版。

　　「**唯願汝遭炸裂極刑！**」意思是：「**要是可以，我要把你炸成幾百萬片。**」

　　「**有史以來侵犯鼻孔的齷齪惡臭之最！**」只是表達「**你好臭**」的文謅謅說法。

　　有太多名言佳句：「**吾鄙視爾等卑賤之徒！其人腦中物寡少如耳垢。啃腸噬腑的陰毒蟲豸！**」還有我最喜歡的，因為很簡短：「**搞破壞的螃蟹蟲**」。我想像自己瞪著狄亞哥說出這

句：「**狄亞哥，你這搞破壞的蟒蜡蟲。**」

　　我試著把句子背起來，但實在太多句了，而且很多都一念過去就忘光光。所以我在手臂上抄下幾個句子，接著又多抄了幾句。睡著的時候，我兩邊手臂到肩頭全部寫滿小抄，滿腦袋都是什麼「**張著翅翼的甲蟲**」、「**匯集禽獸惡性之篩桶**」、「**奸邪鬼祟之王**」、「**疫癘惡瘡**」跟「**上品風流袋**」，有一半的字句我根本不知道意思，但是管他的，拜託，誰想得到「**上品風流袋**」也可以當成罵人的話？！

　　這次大賽的冠軍非我莫屬了。我非常有把握。

　　不過後來我才知道，發現那個網站的不只我一個。

莎士比亞大挑戰

　　一看到我走進人文教室，費歐娜立刻從椅子上跳起來。「晨間安好無恙！」她大喊，音量實在太大。我注意到她兩隻手臂上全是字。

　　狄亞哥的手臂上也寫滿了字。他一個箭步直接擋在費歐娜前面。「凱琳可好？」他問。

　　我很快朝教室內看了一眼。由美戴著一頂天鵝絨帽，帽子上插著好大一根羽毛，莎士比亞本人當年可能就會戴這種帽子。她身上的T恤印著：**保持冷靜，多讀莎劇**。山姆、小柳跟莉迪雅戴著跟平常一樣的毛球髮箍，也穿了上面印滿不同字句的白色T恤：

停「漬」不前

死透如門釘

破冰

生活幸福夢幻

閃閃發光的未必是金子

　　「這是怎麼回事？」我問他們。

　　「小抄，算是吧。」小柳咧嘴一笑，指著那些字句。「這些句子是莎士比亞發明的。是他首創？前無古人之發想？」

　　山姆點點頭，附和道：「很酷對吧？我是說：可不是

麼？」

　　所有人一開始都很沉默，不太說話——好像是知道自己正受到評判，怕會講錯話。但我們沿著小路走向山羊群途中，狄亞哥跟費歐娜開始對罵。

　　「自然的暴戾孽種。」費歐娜念出手肘上的句子。

　　狄亞哥看了一下手腕。「妳……斤兩可比班伯利乳酪！」他回嘴。

　　「粗心蠢貨！」

　　「帶棘刺蝟！」

　　「愚弱的渾人無賴！」

　　「月亮的嘍囉！」

　　「我根本不知道那是什麼意思，你……你……綺襦紈袴！」

　　由美轉向我。「這實在**太**莎士比亞了。」她說。我聽不出她到底是不是在諷刺，但她接著告訴我在莎士比亞的時代，觀眾看戲看一看就會吵鬧起來。「他們看到角色罵人會歡呼，會噓壞人，還會拿爛掉的水果丟舞台上的演員。有時候觀眾看戲看到一半，自己就打起來了。非常混亂！」

　　費歐娜和狄亞哥走近羊欄時，他們已經準備好任何事都要爭個你死我活。「此回輪到在下。」狄亞哥告訴費歐娜，伸手抓住飼料桶。

　　「閣下最近才輪到過。」她說。她露出笑容，但是咬牙切齒。她把桶子大力拉向自己。「此桶**歸我**。」

　　「你這個缺果核的霉爛堅果！」

　　「你才是霉爛堅果！」費歐娜高喊。她兩手都抓住桶子使

盡渾身力氣拉扯。狄亞哥放開桶子，費歐娜頓時向後飛了出去。飼料撒得到處都是。費歐娜手忙腳亂爬起來，抓起一把飼料撒向狄亞哥。狄亞哥也抓了一把撒向費歐娜。

「你這膿包！」費歐娜大吼。

提摩西和湯瑪斯也加入戰局。「打得甚好！」他們各抓起一把飼料，跑來跑去撒向所有同學。

「由美是霉爛堅果！」提摩西大吼，朝由美撒了一把飼料。「山姆是霉爛堅果！嘉比是霉爛堅果！」兩人的反應是分別抓一把飼料也跟著撒回去。

雙胞胎開始把運動衣當成溼毛巾互相甩動。「地獄犬來吧！」提摩西試圖激怒親兄弟。「霉爛穀物！塵埃之精粹！」

湯瑪斯反擊。「塵埃之精粹個屁啦！莎士比亞人戰莎士比亞，開打！」

兄弟倆扭打起來，我看了看周圍。山姆追著莉迪雅跑，莉迪雅追著小柳跑。由美蹦蹦跳跳，撒飼料像在撒花瓣。她頭上的羽毛帽一直往下滑蓋住她的眼睛，但她似乎完全不在意。這時，費歐娜折下一段忍冬樹枝，高舉起來繞圈揮甩。「爾等吃我一鞭！」她對著所有靠近她的人大喊。從頭到尾，嘉比只是微笑旁觀，有時像在看莎翁戲劇的觀眾一樣鼓掌喝采。

只有亨利沒有加入混戰。他站到我旁邊，環視現場。「有些人天生注定偉大，」他很嚴肅的說：「有些人達到偉大成就，有些人的偉大是別人捧出來的。還有一些人……」他朝著眼前的混亂揮了揮手臂，沒再說下去。

一切出乎我的意料。山羊飼料滿天飛，山羊咩叫聲中穿插

著莎劇台詞。提摩西和湯瑪斯的莎士比亞大戰莎士比亞還沒落幕，穿著套裝的費歐娜把忍冬樹枝當成牛仔套索甩啊甩的，還有亨利表現得像個睿智老人。

　　最令我驚訝的是，自己忽然大笑起來。最大的驚奇竟然是我自己的笑聲，我已經記不得上次大笑是什麼時候。

　　但我一下就止住，大笑來得快，去得也快。因為法拉畢老師正大步朝我們走來，而且不只他一個。葛博思就在他後面，她走過來時，雙眼被羽毛帽蓋住的由美剛好再撒了一把飼料。

　　飼料不偏不倚撒在葛博思的眼睛裡。

訪問：嘉比

嘉比：

　　葛博思當然就對我們大吼大叫，但是想到莎士比亞大挑戰，我印象最深的還是只過了一個月，妳就從原本不想跟我們任何一個人講話，變成願意主持一場大賽。

　　妳讓我想到《超級巨星》第四季的一位參賽者，瑪莉蓮・帕帕狄蜜拉，她是從印第安那州來的。瑪莉蓮滿安靜的，所以大家都猜她第一輪結束就準備去搭巴士回老家。只不過妳猜怎麼了？原來安靜的小瑪莉蓮野心大得很。沒過多久，她就自己改名成「辣子姬」，跟爵黛麗熙一起泡熱門夜店。

　　那個週末我原本打算來學一下莎劇台詞，但是我想說先打開瑪莉蓮變身辣子姬那集看個幾分鐘。看了幾分鐘之後，想說再看幾分鐘吧，然後我就看到忘記時間。等我回過神來，已經是週日晚上，外婆吆喝著要我「不准再看《超級巨星》，現在立刻上床睡覺」。至於莎士比亞的台詞，我半個字都沒查。

　　所以我打算第一回合挑戰就像變成辣子姬之前的瑪莉蓮：保持安靜，低調進入下一輪挑戰就好。

凱琳：

　　但是我注意到妳有多安靜。我們聽完葛博思訓話走出辦公室的時候，我要妳學莎士比亞講幾句話，妳只回：「嗯哼？」

嘉比：

　　我想有人強迫我說什麼的時候，我很不會應付，腦中會一片空白。我試著回想狄亞哥和費歐娜都喊了些什麼，或是雙胞胎互罵了什麼話，或是波力學莎士比亞講話那天說過的**任何一句話**，但我只是呆在原地。那時候妳看著我，好像希望我**可以**學馬克白講話或什麼的。但我唯一能想到的是瑪莉蓮，還有她說過的話：「大家都自以為很了解我。但是他們看著我的時候，其實他們看見的是他們要命的自我。」

　　我不知道，聽起來有點深奧，莎劇台詞應該也很深奧。所以我跟妳說：「人能見者，唯其自身也。」

　　妳搖搖頭，有點難過。那時候我就知道我沒希望了。

勝利者繞場

　　莎士比亞之亂落幕，我們從校長辦公室走出來時，已經是休息時間。狄亞哥衝到室外大喊：「棒透了！」

　　雖然剛剛被訓了一頓，但似乎沒人覺得難過。還在校長辦公室時，大家全都低頭盯著地板，一臉慚愧。但大家一走到外面，就又笑又跳互相擊掌。

　　「凱琳！」山姆大叫。「妳發起了米契爾學校有史以來第一次食物大戰！」

　　「不是普通的食物大戰，是山羊飼料大戰。」小柳補充。「比一般的食物大戰厲害八千倍！」

　　就連亨利看起來都比平常任何時候還開心。「凱琳，真的滿酷的。」他說。

　　狄亞哥點頭。「經典的波力‧芬克風格。」

　　「同時也是經典的莎士比亞風格。」由美表示贊同。

　　「對啊，」嘉比說：「來個下台一鞠躬嘛，凱琳！」

　　提摩西和湯瑪斯開始嚷嚷：「**下台一鞠躬！**」

　　但是狄亞哥搖搖頭。「不能只是下台一鞠躬，」他說：「要繞場一圈以示慶祝！就繞操場一圈！」

　　雙胞胎本來嚷著「**下台一鞠躬！**」，立刻改口喊：「**繞操場！繞操場！繞操場！**」

　　「我什麼都沒做。」我說。「我只是——」

　　「跑一圈嘛。」狄亞哥堅持。「**一定要跑一圈慶祝一下。**」

　　我試探性的跑了幾步，所有人大聲喝采。再跑了幾步，費歐娜跳到我前面。「等等！停！」

　　她脫下西裝外套。「喏，接著。」

　　是她開學第二天穿的：藍綠色外套，已經掉了幾顆鈕扣。領子上沾了一圈泥土。「穿上嘛，凱琳。」她說。「感受一下外套的威力，是妳應得的。」

　　「呃……謝了，不過……」我開口，努力想找一個脫身的藉口，但是所有人都在看，而費歐娜看起來像是要送給我全世界最棒的禮物。「噢，好吧。」我穿上外套。袖子太短了。我覺得好荒謬，但是大家都在鼓掌，我乾脆就開始跑。其他人也跟在旁邊慢跑，邊唱誦我的名字，這是兩天之內的第二次。

　　「凱─琳！凱─琳！凱─琳！」

　　嘉比衝到操場上，發現毛毛在盪鞦韆。她們一起朝我跑來，還有一群小朋友跟在後面。我跟毛毛一起跑完剩下的一段，我們手牽著手，她一臉崇拜看著我，好像我是什麼超級英雄。一大群來自不同年級的學生跟在我們後面跑。大多數學生也不知道為什麼要喊我的名字，但他們似乎一點也不在意。總之他們跟著喊了。

　　繞場一圈之後，嘉比很嚴肅的望著我。「凱琳，」她說：「妳明天放學以後可以來我家嗎？妳跟我有一些重要的工作要做。」

〈超級巨星教條〉，
或〈觀看實境秀所學到關於人生的事〉
嘉比製表

1. **你永遠沒辦法預測參賽者最後會怎麼樣**。很少人到了最後幾集還會跟在第一集時一樣，只要待得夠久，人就會變。

2. **每齣節目都有英雄和反派**。一季剛開始的時候，很難分辨誰是誰，有時得一直看到最後一季才會知道。

3. **知道自己是什麼樣的人**。觀眾總是分辨得出真正的超級巨星和冒牌貨。

4. **全力以赴！**奮不顧身全心投入。無畏無懼。最重要的是，自己一定要覺得好玩。如果覺得一點都不好玩，那參賽還有什麼意義？

5. **榮譽比任何獎品更重要**。你一定不相信，人在自己的榮譽岌岌可危時會不顧一切。所有人都想要「名聲」。

6. **不保證你會贏**。盡力而為，但要謹記：有時是好人落敗。

訪問：亨利

凱琳：

跟我説你一開始是怎麼得知壞消息。

亨利：

其實我早該想到，但我是過了一段時間之後才想通。我爸在鎮議會工作，我看到他開完會回家抱著好多疊文件。是試算表、預算書之類的，但是在我看來只是列了很多數字的紙頁。過了一陣子，我注意到有很多數字是紅色的。預算裡有紅字不是好事，但我還是沒搞懂。

等到我看到散落在家裡各處的報導——標題寫著「**鄉下學校陷入死亡螺旋**」或「**永久停課：鄉下學校倒閉潮**」——我還是沒反應過來。我的意思是，我看到那些字眼了，什麼死亡螺旋、永久停課，我卻不知道那是我應該關心的事。

暑假剛開始的某一天，我爸開完會之後開車回家，在車道裡枯坐好久。他終於進門時，眼眶都紅了。隔天，他點開一封電子郵件後沒有關掉。上面寫著：**我們該面對事實了；如不大刀闊斧改革，米契爾的財務無法支持學校繼續運作。**

我爸就在這時候走進來，看到我盯著那封信。他只説：「你不該看到的。」

那一刻，我只覺得天搖地動。

爵黛麗熙會怎麼做？

嘉比家有熱湯、溼掉的狗毛和藥物的味道，但是嘉比的外婆見到我們就歡天喜地，我幾乎沒空注意屋裡的味道。外婆抱我的樣子，好像把我當成她從小看到大的孩子。

撈起一隻剛毛小狗。「來這邊，巴斯特。」她說。她親了親小狗，小狗在她臂彎裡扭動。「你這老壞蛋啊你，凶巴巴又壞壞的小東西。」

「妳長得很像妳媽媽。」嘉比的外婆對我說。我心想她怎麼知道。但我還沒機會發問，嘉比就拉著我進入走廊準備籌畫。

嘉比房間裡從地毯、枕頭到牆壁，全是深淺不同的紫色。而且到處都是爵黛麗熙的臉孔——好多從雜誌撕下貼在牆上的頁面。

嘉比把一個東西塞在我手裡：**超級巨星教條**。「記起來行嗎？」然後她跳上床，盤腿坐在皺巴巴的薰衣草紫棉被上。「除了這個，妳還需要準備一段講稿。」

「一段講稿？」

「對，要很精采的。嚴格來說，妳在第一回合挑戰開始**之前**就應該要向大家致詞，不過妳其實還沒找到定位。」

「我從來沒準備過講稿。」

「這很簡單。妳只要說明比賽規則，告訴他們妳要的是什麼，提醒他們一切由妳作主。要嚇唬他們一下，妳懂吧？讓他們知道誰才是老大。」

　　我想她看出我一臉猶疑，因為她說：「噢，拜託，妳可以啦。妳很強耶！妳是從**紐約市**來的。」

　　我一度有點困惑。然後我想起來了：那是個善意的謊言，開學第一天我告訴她的。感覺竟然已經像是一百年以前的事了。

　　「如果妳想不出該怎麼辦，」嘉比接著說：「只要問自己一個問題：**爵黛麗熙會怎麼做？**」

　　我瞄了牆上那些照片一眼。爵黛麗熙在紅毯上擺出三七步站姿，她前面有一大票攝影師，看起來好像在挑戰他們，看有沒有人敢拍出難看照片。另一張照片裡，粉絲擠到舞台前方，來自四面八方的紫色和洋紅色燈光投射在爵黛麗熙身上。

　　「她看起來好像完全不在意別人怎麼想。」我說。「真希望我知道要怎麼樣才能做到。」

　　「不在意，還是**看起來**不在意？」

　　從前玩足壘球的畫面又一次在我腦海中閃現，就是我陷入恐慌的那一天。「都做到。」我說。

　　「等等。」她說。「我知道妳需要什麼。」她跳下床，打開書桌抽屜，在大概一百萬張紙片中東翻西找：有以前畫的畫、賀卡、數學作業和弄皺的報告。

　　「啊哈！」她抽出一份雜誌報導。「從這裡開始看。」她說，指著頁面上大約中間的段落。我大聲念出來：

　　　　為了消除舞台人設和原本的自我之間的差異，爵黛麗熙已經將本名正式改為藝名，她坦承自己從前對於站在大

眾面前一直很沒有信心。

　　這位超級巨星最近發行的音樂影片觀看次數已經接近三百萬次，她表示：「我先前領悟到，妳不能等著其他人來把妳當明星，妳必須相信妳自己就是超級巨星，不要去管別人怎麼想。人生中所有的事物也一樣：妳想要什麼？妳想成為什麼樣的人？不會有人發什麼許可證給妳。所以儘管擺出妳要的姿勢然後定住別動。」

　　嘉比點點頭。「我想她說的是**假裝久了就會成真**，妳不覺得嗎？」嘉比擺出天后巨星的姿態，很像爵黛麗熙那張走紅毯照片的姿勢。「看到了嗎？這樣我就已經覺得很有力量。妳要不要試試？」

　　嘉比的書桌上方還有一張照片。照片中是室內人山人海的場景，派對之類的。所有狂歡活動都繞著爵黛麗熙轉，她周圍所有人都糊成一團。她穿著一件閃亮的紫色緊身連身衣，披著紫色斗篷。看起來不像為了拍照特別擺出姿勢，不太像，但看起來就是很有氣勢，像是女超人。她的兩腳穩穩踩在地上，兩手扠腰，昂著下巴。

　　我仔細研究，然後擺起同樣的姿勢。

　　「噢，真不錯。」嘉比說。「妳覺得如何？」

　　「沒什麼不同。」

　　「好吧，」她說：「那我想妳**假裝久了就會成真**。」

　　隔天的休息時間，我帶著全班走到波力的雕像跟前，那時我就是這麼做。

生平第一次致詞

　　各位七年級同學，大家好。這次的仿實境秀大賽，將決定誰是米契爾學校下一位了不起的波力・芬克，我要恭喜各位通過大賽的第一項挑戰。

　　最能體現波力精神的那位同學，將是本次大賽的贏家。目前為止，我已經聽到各位講述了不起的波力・芬克的眾多事蹟。就我所知，他是大無畏的惡作劇大師，是調皮搗蛋惹是生非的專家，他有本事鬧得雞飛狗跳、天下大亂。

　　他有時候會穿公雞裝，有時候會把紙箱戴在頭上。

　　他可能不是創校元老，但他無疑非常有創意。

　　每場實境秀比賽都有規則，而本次大賽的規則如下：

1. 我，凱琳・布林，將設計所有挑戰題目。

2. 你們，創校元老，將按照指示參與每次挑戰。

3. 拒絕參與挑戰者，將遭到淘汰。

4. 向葛博思打我的小報告者，將遭到淘汰。

5. 此後，如有人因為參與大賽而被叫去葛博思辦公室，就視為挑戰失敗，也將遭到淘汰。

6. 一切由我作主。我是法官兼陪審團。有人有意見嗎？沒有，很好。

　　有一件事很重要，容我聲明在先，本次大賽絕非真正的競賽，這也是為什麼各位要爭取的正式獎品也許堪稱全

世界最難看的T恤，它可能帶來好運，也可能帶來厄運。

　　不過啊，還有一項更了不起的獎品。是從古到今的人類，無論古希臘人或《超級巨星》參賽者，都奮力追求的一項獎勵。

　　贏家將會獲得「名聲」，從此留名青史。

　　米契爾的公民們，各位已經完成一項挑戰，還有許多挑戰等著各位。下一項挑戰即將公布，大家準備好了嗎？

　　我說完之後，全場陷入短暫的寂靜。接著費歐娜握拳朝空中用力一揮。「好！」好幾個人拍起手來。

　　在他們身後，**選出贏家**T恤在微風中輕輕飄動。

　　嘉比舉手。「呃，不好意思，凱琳？」

　　她瞥了其他人一眼，然後上前一步假裝跟我講悄悄話，但抬高音量讓所有人都聽見。「在向大家宣布下一項挑戰之前，我們需要舉行淘汰儀式，妳要很正式的宣布將我淘汰。」

　　「噢，沒錯。」我沒想到這個。

　　她肅穆的退回原位，兩手垂下貼在腿側。

　　「嘉比。」我說，試著讓自己聽起來很嚴厲，擺出大家期待中的凶悍評審的樣子。「妳……不是下一個了不起的波力・芬克。」

　　她看著我。「很好。」她說。「接下來告訴我為什麼。」

　　「因為……」我思索著，「妳學莎士比亞講話一點也不像？」

　　她搖搖頭。「不是。是因為波力・芬克展現出很多不同的

形象個性，他就像奧林帕斯山上那些能夠變換無數形體的眾神，而我沒辦法展現他這方面的人格特質。」

「噢對，」我說：「是這樣沒錯。所以大家準備好要聽下一項——」

「我準備好獻出第一項祭品。」嘉比打岔。她提醒大家，每個《超級巨星》參賽者遭到淘汰時，都會留下某樣東西——「某件代表夢想落空的私人物品」。

她從背包深處掏出一盒圖釘和那張爵黛麗熙身穿紫色連身緊身衣的照片——爵黛麗熙擺出超級英雄站姿那張。嘉比將照片舉高。「我獻出這張全世界最了不起的實境秀明星照片。」她說。「因為爵黛麗熙是整個比賽的靈感來源，也因為我認為她和波力有很多共同點。」

她將照片釘在波力雕像上，然後把整盒圖釘放在地面供之後遭淘汰的人使用。

「以波力・芬克之名。」她說。沒有人回應，嘉比低聲提示大家：「你們也應該跟著說。」

她再次嘗試。「以波力・芬克之名！」

這次大家像在一呼一應般齊聲複誦：「以波力・芬克之名！」

「好。」嘉比轉向我。「現在可以告訴他們下一項挑戰是什麼了。」

作主

「給各位的第二項挑戰，靈感來自波力帶領的『小朋友大進擊』。」我告訴他們。「大家都知道，波力證明自己有能力吸引小孩子的注意。他看得出小孩子擅長什麼，也能想辦法運用他們的長處出一些奇招。問題是⋯⋯你們做得到嗎？」

我告訴大家這次的挑戰很簡單：明天休息時間，他們要和小朋友打成一片。「想一個活動，然後帶一群小朋友一起做完。目標是吸引小朋友的注意，讓他們一**直**覺得有趣。誰招徠的小朋友人數最少，就將遭到淘汰。」

「除非有人被叫去校長辦公室，對吧？」嘉比問。

「如果有誰被叫去校長辦公室，就會自動淘汰。」

狄亞哥嘆氣。「我想挑戰**賽跑**。」他說。

我瞄了嘉比一眼。她的眼神飄向爵黛麗熙的照片。是在提醒我**假裝久了就會成真**，我想。

我嚥了口口水。「狄亞哥，你是告訴我你想挑戰賽跑嗎？」

「對。」

「好啊。身為『誰是下一個了不起的波力・芬克』大賽主持人，我現在宣布舉行一項賽跑挑戰。狄亞哥，請你挑戰繞場跑十圈。」

「等等，什麼？」

「你聽到我說的了。」

「可是妳的意思是⋯⋯只有我要跑？」

我點頭。

「但是不公平啊！」

我低頭看我的致詞講稿。我要他念出前三條規則：

1. 我，凱琳・布林，將設計所有挑戰題目。
2. 你們，創校元老，將按照指示參與每次挑戰。
3. 拒絕參與挑戰者，將遭到淘汰。

他念完以後，我將兩腳分開一點站穩，兩手扠在腰上。「十圈。」我重複。「除非你想要現在就開始新一回的淘汰儀式。」

費歐娜指著狄亞哥。「有～人～麻～煩～大～了～」她隨口唱了起來。我轉頭看她，挑高眉毛。她立刻站直，盯著前方故作無辜狀。

狄亞哥踢著草地。「跑就跑。」他低聲咕噥，開始繞場跑步。

當下我有一種古怪的感覺，就跟主持莎士比亞大挑戰的時候一樣：**我做到了。**

我未必只能遵守規則，我還可以**制定**規則讓其他人來遵守。

我撕下致詞講稿中的規則清單，用嘉比帶來的圖釘將清單釘在波力雕像上，就在爵黛麗熙照片上方。

這樣他們就不會忘記，也或許是提醒**我自己**不要忘記。

「誰是孩子王」挑戰

休息時間，我走來走去監督「誰是孩子王」挑戰的比賽情況，覺得自己有點像校長。

由美站在玩沙池附近，開始彈奏烏克麗麗。她一下子就引起小朋友的注意，一群小朋友朝她跑去。

「妳能彈公主那首歌嗎？」其中一個小女生問，她穿著蓬蓬紗裙搭牛仔褲。「就是一直都冬天那部電影裡的？」

由美搖搖頭。「抱歉，但是那首歌是專門為了讓跨國企業賺大錢而寫的，與我的藝術創作願景不合。」

「那《公車輪子轉啊轉》呢？」一個理光頭的小男生問。

「呃。」由美翻了個白眼。「《公車輪子轉啊轉》太名過其實了。」

另一個孩子提議要聽《編玫瑰花環》，由美挑高了眉毛。「你們不知道這首歌跟瘟疫有關嗎？」

「什麼是瘟疫？」提議《公車輪子轉啊轉》的孩子問。

「是一種疾病。」由美說。「很可怕，生病的人一開始全身會長瘡，接著內臟會從裡面開始潰爛，然後──」

「由美。」我出聲警告。

「這首歌講的是死亡，」她擺了擺手做出結論，「我不認為小孩子應該唱這種歌。」

「那小熊軟糖的歌呢？」一個小朋友問。

「嗯，其實我沒聽過這首歌，但我也不確定自己會想唱跟

糖有關的歌。吃糖會讓人上癮。」

「什麼是**上癮**？」提議《公車輪子轉啊轉》的孩子問。

「好了，由美。」我說。「也許妳應該彈妳自己最喜歡的歌
給他們聽。」但是由美最喜歡的歌曲聽起來像是烏克麗麗版的
葬禮輓歌：很憂傷，詭異的是又帶一些歡快。小朋友開始覺得
無聊，一個接一個走開，去玩自己的遊戲。

我瞄見莉迪雅和小柳帶著幾個小朋友朝足球場走去，但是
費歐娜離我最近，她站在一座溜滑梯底下，對著溜下來的小朋
友大吼。

「我要說的是，全世界都會叫妳們坐好、安靜、守規矩，
但是妳們不用這麼聽話！」

即使有小朋友在聽，也沒有任何人表現出在聽的樣子。他
們溜了幾趟溜滑梯之後就衝向鞦韆，把費歐娜的話當耳邊風。

費歐娜跟在他們後面。「妳們注意到了嗎，大家老是要求
女生要端莊整潔，**女生**有衝突要用和平的方式解決？這難道是
為妳們好嗎？」

小朋友只停下來聽了一秒鐘，接著其中一個小朋友說：
「要不要看我能盪多高？」

費歐娜鍥而不捨，跟在幾群基本上對她視而不見的小朋友
後面。「妳們是我們未來的愛蓮娜‧羅斯福！未來的馬拉
拉！」

最後，費歐娜兩手一攤，仰天大喊。「大家是**怎麼回事**？
大家難道不知道聽強大有力量的女人講話的機會很寶貴，應該
好好把握嗎?!」

但他們顯然不知道。

嘉比朝我跑來。「好，亨利在跟幾個小朋友一起蓋很厲害的碉堡。」她說。「他吸引了六個小朋友一起收集樹枝，在他們收集時說明怎麼蓋出建築物，所以他的表現很棒。狄亞哥在教四個小朋友怎麼用足球表演特技，至於提摩西跟湯瑪斯……」她指著操場的一角，那裡有一群小朋友圍在一起歡呼。「妳一定要去看一下。」

雙胞胎在玩他們的殭屍大戰狼人遊戲，不過他們讓小朋友來喊要扮演的角色。只是，小朋友似乎完全搞不懂這個遊戲到底在做什麼。

「小狗！」一個小朋友大喊。提摩西吐著舌頭，四肢著地跟他的兄弟打來鬧去。

「我媽咪！」另一個小朋友大喊。

湯瑪斯伸脖挺胸讓自己看起來很高，走來走去搖著食指。「功課寫完沒？」他尖聲說著，同時他兄弟扮演的小狗不停撲向他的小腿。「去整理房間！」

小朋友似乎樂在其中。

嘉比告訴我，毛球髮箍三人組請示過老師，獲准帶一些小朋友去看山羊。但是等我走過去查看他們在做什麼，我才意識到……他們不只是在羊欄**旁邊**。他們其實就在羊欄**裡面**。

小柳帶領大家擺出瑜伽姿勢。她勾起左腳抵住右大腿，保持身體平衡，然後雙手在胸前合十，看起來幾乎像是在祈禱。山姆、莉迪雅和好多小朋友搖搖擺擺努力做出同樣的姿勢，至少有十個小朋友，也許不只。

就連毛毛也在，她閉著雙眼。她一下失去平衡，雙腳又踩回地上。

「這是做什麼？」我問。

「山羊瑜伽。」山姆回答。

「山羊瑜伽？怎麼可能有這種瑜伽。」我說。

羊欄裡的小柳微笑起來，她還是閉著雙眼。「真的有。我媽每週六早上都在達富薩的牽牛花農場教山羊瑜伽課。」她說。「來上課的人非常多。」

「跟山羊一起做瑜伽？」我搔了搔頭。「因為山羊跟瑜伽可以一起嗎……要怎麼一起？」

山姆聳了聳肩。「噢，誰知道有錢人在想什麼，這些玩意兒他們超愛。」

小柳換成不同的姿勢。她彎下腰，將雙手按在前方的草地上，然後兩腳向後走，直到身體呈現一個倒 V 字。「其實這叫『向下犬式』，不過我們今天就稱為『**向地山羊式**』。」

毛毛跟著擺出同樣姿勢，將小小的身體彎折成倒 V 字。

整件事都很荒謬，但是小朋友很開心。事實上，就連山羊群似乎都很高興。牠們比我之前看到時平靜多了。幾隻小羊在小朋友身邊走來走去，偶爾停下來好奇的嗅聞他們一下，但大多數山羊只是站定不動。

哈，顯然小柳是能夠吸引小朋友跟山羊群的吹笛手。

「花點時間感受自己的呼吸。」她說。「吸氣。吐氣。」

她將身體趴低，進入她所謂的孩童式：兩腳跪地，臀部坐在腳後跟。她將雙手向前伸，十指大張，額頭抵住膝蓋。

「要真正去感受手臂的伸展。」小柳說。「就是這樣。不要忘了呼吸。**吸氣，吐氣。**」

那隻壞脾氣的大山羊慢慢朝他們靠近。**他們甚至馴服了我的頭號死敵**，我心想。接近小柳時，大山羊彎曲後腿，將背部壓低，幾乎像是也在擺出同樣的姿勢。

不過，大山羊卻在小柳伸長的手上直接灑了好大一泡尿。

小柳猛然睜眼。一搞懂發生什麼事，她就放聲尖叫，一骨碌站了起來。

大山羊也嚇得向後一跳。這下驚動了所有山羊，牠們在羊欄裡咩叫著橫衝直撞，羊欄裡的小朋友全都嚇傻了。有幾個小朋友開始尖叫。

老師們抬頭張望，然後直奔羊欄。

一片鬧烘烘之中，毛毛站著不動。她渾身僵硬，兩眼瞪得大大的，眼神狂亂，就像亨利被羊群踩扁那天。

等我自己反應過來後，我已經穿越羊欄柵門了。我一把將她抱起。她比我預期的還輕，細瘦的小手小腳纏住我，緊到不能再緊。

「沒事。」我告訴她。她將臉埋在我的頸窩，我聞到她頭髮的椰子味。「我抱住妳了。」

毛毛抱著我不放手。從我們出了羊欄，越過足球場，到抵達玩沙池旁，她都抱著我不放手。就連法拉畢老師押著毛球髮箍三人組朝等在校舍前皺著眉頭的葛博思走去時，她還是抱著我。我讓毛毛抱著我，來回搖著她。

過了一會兒，我感覺到她的手腳開始放鬆。她抬起小臉，

邊抽噎邊抹鼻子。我的脖子上有一塊溼溼的，抱著她的兩手變得好沉重。但即使如此，我還是沒有放下她。我感覺到她的心臟在肋骨後方撲通狂跳。我在腦海中想像：小小的心臟強壯有力，與我的心臟相距不過幾英寸。

厄運

　　隔天早上，瑪格進教室時，全班還在為了羊尿事件笑鬧，大家稱這次事件為「**大山羊大進擊**」。瑪格拿起波力那頂裝滿索引卡的帽子。「早安，創校元老！請坐，我們今天要講的是……」我隔壁的狄亞哥拍起桌子裝出擊鼓聲。

　　「噢，還真是無巧不成書。」瑪格說。她看著莉迪雅、山姆和小柳，然後將卡片舉高。卡片上寫著兩個大字：山羊。

　　原來山羊在古希臘人的生活中占有相當重要的地位。

　　瑪格解釋說山羊是希臘人的主要食物來源之一，很可能是因為這樣，希臘神話中常常提到山羊。眾神之王宙斯是喝山羊奶長大，雅典娜拿著一塊山羊皮，甚至有一位名叫潘的神是半人半羊。「潘是掌管荒野山林的神。」瑪格告訴我們。「野生動植物和群山都歸他管，我想他如果來這裡會如魚得水。」接著她告訴我們山羊也很常成為獻祭儀式中的犧牲品。

　　「**犧牲品？**」嘉比問。

　　瑪格點頭。「對。外在環境不受人的控制，某種程度上我們都會受到影響，在古代世界尤其如此。以前，整個社群可能因為碰上一次旱災就滅絕，也很常發生饑荒。古人不像我們現代人有各種藥物，所以傳染病很容易蔓延。」

　　接著她轉過身，在黑板上寫下：

　　替罪者

在下方又寫下：

φαρμακός

「所以在日子特別難過的時候，」瑪格接著說：「古希臘人
會從社群裡挑選一個人當『替罪者』，他們會讓這個人遊街示
眾，鼓勵社群其他成員用樹枝抽打這個人。最後他們會把這個
人趕出村莊，規定這個人永遠不能回來。」

「可是……為什麼？」費歐娜問。

「這麼做的概念是將所有的厄運都轉移到同一個人身上，
讓這個人離開就能夠消災解厄。」

瑪格在黑板上寫下：

滌淨

κάθαρσις

「古希臘人這種過程稱為『滌淨』，這個詞也是現代英文
中『**淨化**』的字源，但是開頭的字母不同。我們現在說『淨
化』，表達的是釋放強烈的負面情緒，隨之而來的是一股放鬆
的感覺——例如大哭一場，或是狂野原始的吶喊。而驅逐『替
罪者』，就是尋求放鬆下來的一種方式。」

「那跟山羊有什麼關係？」嘉比問。

「後來，就從找人當替罪者改成找動物，通常是用山羊。」

「所以……」由美說：「就像真正的代罪羔羊。」

瑪格露出微笑。「沒錯。」她說。「『代罪羔羊』一詞是到很後來才出現的，不過就是我們現在在講的。代罪或替罪羔羊。」

代罪羔羊。其實，我很清楚這個詞的意思。在我以前的學校，老師們會講「代罪羔羊」這個詞。每次提到都是在訓人的時候，訓話內容通常跟安娜‧史潘有關。**你們為什麼讓她當代罪羔羊？你們能想像成為代罪羔羊是什麼感覺嗎？**

我總是覺得，老師們的訓話都沒抓到重點。我的意思是，我們並不是不知道自己對待她很差勁。你會專找某個人的麻煩，不會是因為大人沒有教過你不該欺負別人什麼的。就像我們對安娜做過的那些事，嘲笑她啊，或是在她走過時故意東聞聞西聞聞好像忽然聞到什麼臭味，這些事都跟驅除厄運沒有關係。以前做那些事的時候，我們只是……

我們只是……

好吧，老實說，我也不知道我們究竟為什麼要做那些事。

「凱琳。」瑪格喊道。「妳看起來像是在認真思考什麼事。」

「啊？」

「全班一起討論的時候，沒有什麼比看到同學皺起眉頭專心思考更令人開心啦。如果妳願意分享，我很願意聽聽看妳的想法。」

「噢，」我開口，「我只是……我想希臘人弄錯了，就這樣。」

「說說看為什麼。」

　　顯然我沒辦法講安娜的事，所以我只說：「只是覺得相信這些似乎很蠢。我假設他們的生活應該不會在趕走山羊之後就立刻改善吧，那他們為什麼要一直採取同樣的作法？」

　　教室另一頭的亨利說：「我想我明白他們為什麼這麼做。」我們全都訝異的看著他。「我敢打賭這麼做是有用的，有它獨特的效用。」

　　亨利這麼著迷於實事求是的人，怎麼可能相信什麼替罪者會有用？

訪問：亨利

　　我有很多介紹古代世界的書，所以瑪格教我們的，很多我都已經知道了。我知道柏拉圖的洞穴寓言，知道希臘的民主制度，也知道奧林帕斯山上的眾神。我知道波力有一點像惡作劇之神荷米斯，費歐娜有一點像阿爾特彌斯，這位女神是女生的守護神，脾氣也很暴躁，她有一次生氣到把某個人變成鹿，然後看著這個人養的狗群追趕主人變成的鹿，最後把鹿給吃掉。

　　我還知道其他事——瑪格沒告訴我們的事。像是希臘人其實不是各方面都那麼偉大。在一些地方，他們會把看起來很虛弱的嬰兒丟在野外讓狼吃掉。還有大人常常告訴小孩在學校裡可以攻擊別的小孩，因為他們認為這樣會讓小孩變得更強壯。

　　至於瑪格告訴我們的代罪羔羊那些事？什麼替罪者之類的？我之前沒讀到過。

　　我相信嗎？不是真的相信。但是我知道這一點：人的大腦可能會卡住。大腦可能會鑽牛角尖，一直想同樣的老問題，或跟從前一樣的恐懼，直到再也沒有空間可以想其他事情。

　　也許相信自己可以把麻煩事送走，就是一種讓自己脫身不會卡住的方法。

　　會這麼做，是因為真的想不出其他方法了。

　　會這麼做，是因為看到厄運朝自己飛撲過來，而剩下的另一個選項就是站在原地等著。

訪問：嘉比

每齣實境節目都有代罪羔羊。代罪羔羊就是你討厭的那個人。

大多數時候，代罪羔羊是唱歌很難聽的那個人，他們會不停播放那個人表現最爛的錄影片段，直到全世界都看到，最後那個人就可以去上談話節目。不過有時候代罪羔羊是壞人。壞人也許會陷害其他參賽者，或是洩漏其他人的祕密，或是在其他人做事時推託不做。問題是，代罪羔羊會一直贏，而其他參賽者明明比較優秀，卻接連遭到淘汰。這種情況持續愈久，壞人成為最終贏家的勝算愈大，你也會覺得愈來愈難忍受這樣的人。

像是雷克斯・洛迪，第二季他從頭到尾都在跟爵黛麗熙纏鬥。他唯一具備的天賦，就是刻意找他不喜歡的參賽者麻煩。基於某種原因，很多人還是看得很開心。甚至有觀眾開始舉牌子，上面寫著：**雷克斯獨領風騷**跟**雷克斯專剋雷包！**

雷克斯最討厭的人就是爵黛麗熙。我不知道為什麼，但爵黛麗熙似乎光是存在，就能讓雷克斯火冒三丈。所以他會要觀眾在爵黛麗熙上台時噓她或丟東西。不管爵黛麗熙去哪裡，都有身穿**雷克斯專剋雷包！**T恤的群眾，T恤上是一個閃亮的拇指向下「倒讚」的圖案。

到了某個時間點，**支持**雷克斯・洛迪跟**不支持**爵黛麗熙變成同一件事，打敗爵黛麗熙也成了雷克斯・洛迪的**唯一目標**。

起初我很確定他不會贏，但到了那一季後面幾集，我開始真的很擔心，因為他的進展遠遠超過一般壞人型的代罪羔羊。

　　最後他在那一季倒數第二集遭到淘汰，當時我跳起來在客廳裡手舞足蹈，就連行動不便的外婆都站起來一起跳舞。

　　我們感覺受到……瑪格是怎麼說的？對了，「**滌淨**」。

　　重點是，我很確定流程就**應該**是這樣。代罪羔羊絕對不該是最後贏家。

香蕉大挑戰

我們選了一個週一早上，在餵山羊之前進行第二次淘汰儀式。

我原本只打算淘汰小柳，但是莉迪雅跟山姆說他們是我為人人、人人為我的三劍客。「我們的挑戰一起開始，也一起結束。」莉迪雅告訴我。

「不過要是可以，希望能給我們幾天時間準備要獻出的祭品。」山姆說。

當時，我鬆了一口氣。對於下次要進行什麼樣的挑戰，我完全沒有頭緒。就算到了我們齊聚在波力雕像前面的時候，我還是想不到。

「莉迪雅。小柳。山姆。」我開口，看著他們手牽著手，戴著相同毛球髮箍的三個人站成一排。他們將彼此的手牽得更緊一些，即使他們很清楚我接下來會說什麼。「很抱歉，但是你們沒有一個人是下一位了不起的波力·芬克。」

「我們想要幫波力加裝自製的毛球耳朵。」山姆說。「原本想說應該可以當成天線，畢竟波力來自天上群星，但是波力雕像連頭都沒有，就沒地方可裝了。」

莉迪雅伸手到一個紙袋裡。「所以我們改成這樣。」她拉出三串長長的毛球花環，在陽光照射下顯得色彩繽紛。

他們輪流裝飾波力雕像。莉迪雅將一串花環繞在樹枝上，山姆輪到時也照做。小柳將最後一串花環套在T恤領口處，像

在圍圍巾或繫多圈式的項鍊。

　　他們三個人退後一步，端詳自己的作品。

　　「他看起來更友善了。」小柳說。

　　莉迪雅點頭。「好像更有過節的氣氛。」

　　「而且**選出贏家**那塊圖案現在就沒有那麼明顯了。」由美評論。「似乎算是進步一點。」

　　我瞇眼瞧著波力雕像。此時是十月初，樹葉大都已經變色。在秋色背景之中，螢光色Ｔ恤和彩虹毛球顯得突兀。

　　「所以，凱琳……」嘉比滿心期待的搓著手。「下一項挑戰是什麼？」

　　我緊閉雙眼，絞盡腦汁思索。我知道節目愈到後面，挑戰應該要一次比一次更精采有趣。而目前最熱門的挑戰，就是會鬧得天翻地覆的大挑戰。所以怎樣才能鬧得天翻地覆？

　　我在腦海中複習每一則波力的事蹟。穿公雞裝做三明治躲辦公桌抽屜叫披薩放亮粉箱子人果蠅香蕉ㄆ──

　　對了。

　　香蕉皮很好玩。大家都知道，連我都知道。香蕉皮也許是全世界最古老的笑話吧。我深吸一口氣。「各位波力·芬克接班人。」我說。我又搬出那套**假裝久了就會成真**的致詞語調，一副計畫已久絕不是臨時想到的樣子。

　　「你們的同學雖然離開，但留下了一項重要任務尚未完成。」我說。他們茫然的望著我，於是我補充：「回想一下科學課報告。」

　　他們還是沒聽懂，於是我提示：「還有果蠅。」

「香蕉皮！」湯瑪斯大喊。

我點點頭。「這次的新挑戰中，我希望各位完成波力再也沒辦法完成之事。」

「是要我們想辦法害老師滑倒嗎？」費歐娜問。「因為是的話，我要選葛博思！」

「你們必須讓**某個人**滑倒。」我說。「某個人是指除了我以外的其他人。接下來幾天的午餐時間，我要你們收集香蕉皮。等收集到足夠的量，你們就要策略性挑選一些地點擺放香蕉皮。最後一個讓別人滑倒的人──」

「　不行。」亨利插嘴。「這項挑戰設計得不好，波力絕對不會這麼做。」

「可是他**的確**試著這麼做啊，亨利。」莉迪雅說。

「他寫了那份報告。」狄亞哥附和。「記得嗎？」

亨利轉向狄亞哥。「可是他從來沒有真的去做。那份報告的重點不是害別人滑倒，是看看能不能唬過法拉畢老師。」

「但是他收集了果皮。」狄亞哥說。「他都準備得差不多了。」

由美搖搖頭。「其實，我想亨利是對的。他花了好幾週的時間收集果皮，有很多機會到處放，但是他一直沒這麼做。」

「就是這樣。」亨利說。「因為害別人滑倒是很惡劣的事，而波力知道好玩跟惡劣是兩件不一樣的事。」

我瞥了一眼爵黛麗熙的照片，照片被毛球花環壓住但還看得到。我將兩腳分開一些站穩，抬頭挺胸，直直看著亨利。我盡全力擺出一切由我作主的架式。他或許注意到了，但仍不動

聲色。

「可是等一下，亨利。」費歐娜說。「上次的莎士比亞大挑戰，我們不是也要很惡劣的對待彼此嗎？我們就是一直互罵。跟這次有什麼不一樣嗎？」

「上次的莎士比亞大挑戰中，大家是平等的。」亨利解釋。他現在有一點像小老師，不知為何我忽然覺得非常生氣。我內心深處冒出一個醜惡的想法：**你就是代罪羔羊，亨利。你就是背包會被同學拿走然後丟來丟去的那個人。不是我。是你。**

「我們每個人都知道參與莎士比亞大挑戰的其他人打算做什麼。」亨利接著說。「但這次挑戰要做的，是要捉弄一個不知情的人，而且這種捉弄方式有可能會害對方受傷。你們看不出來兩者不同的地方嗎？」

提摩西聳了聳肩。「我覺得很好玩。」

「也許吧，」他的兄弟說：「但是亨利講的通常是對的。」

「而且，」亨利又說：「這樣很危險。曾經有人踩到香蕉皮滑倒結果頭骨骨折，也真的有人因為滑倒而死。」

「先等一下，亨利。」我說。我將兩手扠在腰上。「你覺得我們這麼做的話會害別人**頭骨骨折**？還會害別人**死掉**？」

「統計上來看，這麼做造成有人死亡的機率非常低。」他說。「但是這麼做很惡劣的機率是百分之百。」

這下子大家全都閉嘴了。

他們轉頭看我，等著看我要怎麼做。當下我真希望時間能倒流。回到前一天我從羊欄救出毛毛那一刻。或者回到莎士比

亞大挑戰，我明白也有事情是我可以作主的時候。不，要是能讓時間倒流，我會回到更早之前。我應該要在他們推我主持大賽時就拒絕。

我那時候到底為什麼會覺得自己做得到？

「好吧，**亨利**。」我說。我找到了，就藏在我的內心深處：讓我比其他人更堅強的東西。「既然你那麼聰明，何不提醒大家一下規則第二跟第三條是什麼呢？」

他完全不去看寫著規則的紙片，只是推了推眼鏡，目不轉睛盯著我。我內心深處的石頭變得更硬了。

「嘉比，」我喊，但仍然看著亨利，「可以請**妳**來念嗎？」

「呃……好。」她上前一步。她念的時候聲音有一點顫抖，「**你們，創校元老，將按照指示參與每次挑戰。拒絕參與挑戰者，將遭到淘汰。**」

「你想要被淘汰嗎，亨利？」我問。看他不回答，我轉向其他人。「本次挑戰正式開始，」我說：「顯然我們立刻就少了一位參賽者。」

亨利盯著我看了一秒鐘，然後他將雙手插進口袋，什麼話都沒說就走開。他朝羊欄走去，提起飼料桶然後打開柵門。他不知怎麼的，不用其他人幫忙引開山羊就成功倒好飼料，甚至在法拉畢老師來到前就完成了。而最讓我火大的，也許是他不用任何人幫忙就能獨力完成餵山羊這個事實。

我將目光投向他身後的樹林，記起安娜曾有一次拒絕扮演我幫她設定好的角色。那一次我走過她身旁，她正站在置物櫃前忙她自己的事。我只是臨時起意，跟她說什麼並不重要，重

要的是對她說話的行為。

「嗨，安娜。」我說。當時她正伸手到置物櫃高處拿一本書，她伸出的手就停在半空中。我聽到我那票死黨在後面掩著嘴的噴笑聲。

「我**剛剛說**，嗨，安娜。」

「嗨。」她終於開口，兩眼盯著置物櫃，慢慢抽出那本書。

「**所以**……」我刻意拉長聲調慢吞吞的說：「有人跟妳說過妳是一個……大……**呆瓜**嗎？」

我預期她只會垂下頭，什麼都不說，忍氣吞聲。但是事情發展出乎我的意料。

「有。」她轉過身，直視我的雙眼。「**妳**跟我說過了，已經講過大概一百萬次。」

「噢。嗯……那好。因為妳就是。」

我走開時瞥向死黨，跟她們翻了個白眼。最後是我說了算，但整件事還是讓我覺得忐忑不安。彷彿不知怎麼的，藉由暗示我講話跳針，她在說其實有問題的是我。

整段對話明明應該是要講她才對。

非創校元老聚會

　　亨利說的話很討厭，最討厭的那句話整個早上都一直在我腦海中盤旋：**這麼做很惡劣的機率卻是百分之百**。也許這就是為什麼瑪格開始講榮耀和美德時，我卻在座位上焦躁難安。

　　她告訴我們古希臘文化中有個概念稱為「阿─瑞─忒」。

　　「『阿瑞忒』沒有完全對應的翻譯。」她解釋道。「英文中意思最接近的兩個詞是『榮耀』和『美德』。文獻中提到『阿瑞忒』時大都和參與戰役的士兵有關，意思是英勇作戰。但『阿瑞忒』也可以表示展現最好的自我，在某種情況下，無論發生什麼事，都能呈現最勇敢、最完整的那個自己。」

　　講課內容讓我覺得羞慚渺小，令人心煩。

　　我只是覺得，放香蕉皮又不是**什麼**大不了的事。

◎

　　午餐時間，毛毛跟平常一樣，要我講一個波力大戰葛魔王的故事。

　　「很久很久以前……」我開口。然後我就停住了。我現在一點都不想去想波力・芬克的事。亨利的話還在我腦海中揮之不去：**波力知道好玩跟惡劣是兩件不一樣的事**。

　　「跟妳說哦，」我對毛毛說：「我的喉嚨痛痛的。我想今天得休息一次，沒辦法講故事了。」

　　看她癟起嘴，我像開學第一天那樣伸出小指頭。她也像開

學第一天那樣，伸出她的小指頭跟我勾勾手。我不確定我們這次是在許下什麼承諾。也許是講好她還是我的小朋友，而我就算沒有心情講故事，還是會照看著她。

參與挑戰的人剩下雙胞胎、由美、費歐娜和狄亞哥，看到他們每個人旁邊都至少有一塊香蕉皮，我鬆了一口氣。

亨利你看到沒？我贏了，我心想。應該是令人很得意的事，但我只覺得午餐嘗起來都發酸了。

午餐時間結束，提摩西和湯瑪斯開始在垃圾桶裡翻找更多香蕉皮。費歐娜鑽到他們兩個中間。接著狄亞哥也來了，連由美也加入他們的行列。他們互相推擠搶著靠到垃圾桶旁，盡可能撈起找得到的黃色果皮。

「嗯，」山姆一本正經的說：「本次大賽水準創下新低。」

沒有人看到葛博思出現。

「那邊的同學，」她在自助餐廳另一頭大喊。

所有人馬上兩手抓著果皮立正站好。費歐娜和提摩西抓著同一塊香蕉皮的兩端。

「能不能跟我解釋一下，」葛博思一字一句的說：「你們，究竟，為什麼，要把廚餘，從垃圾堆裡拿出來？」

全場陷入片刻寂靜。由美和雙胞胎低頭盯著腳尖。費歐娜抬頭望向天花板發出「嗯哼……」的聲音，好像在認真思考。

「我先是發現你們班拿山羊飼料互撒，然後得知你們帶著幼兒園小朋友到羊欄裡做瑜伽。現在我又看到你們在垃圾堆裡翻來翻去想找——」葛博思的視線落在費歐娜和提摩西各抓一端的香蕉皮上。他們兩個立刻一起放手，香蕉皮啪的一聲落在

費歐娜的球鞋上。

「——香蕉皮。」葛博思說完最後幾個字。「我現在要問了……**是為了什麼？**」

「呃嗯……」提摩西開口。

「我們在……呃……」湯瑪斯說。

他們互看一眼，然後提摩西脫口而出，「是凱琳的錯！」

湯瑪斯點頭。「是凱琳逼我們的！」

他們倆開始鬥嘴。

「我們跟她講過不要。」

「**大家**都跟她講過不要。」

「好吧，有些人跟她講過不要。」

「你哪有講。」

「閉嘴。」

「**你**才閉嘴。」

「閉嘴，霉爛堅果。」

「你才是霉爛堅果，白痴。」

葛博思舉起一隻手。「打岔一下，兩位男士。凱琳到底——」她很快打量我一眼，然後又轉回去看著雙胞胎，「**逼**你們做了什麼？」

「報告校長，凱琳想到一個超棒的點子！」費歐娜開始胡言亂語。「這點子真的太棒了，她覺得我們應該……呃……嗯，我是說，您知道凱琳**總是**能想到很棒的點子，您知道她這麼厲害嗎？她簡直，就是點子工廠，真的讓大家嘆為觀止……」

「山羊！」亨利大喊，他向前跨出一步。「凱琳覺得，把那些果皮廚餘都扔掉實在太浪費了，這裡明明有很多山羊，牠們可能會喜歡。」亨利推了推鼻梁上的眼鏡，專注的看著葛博思。「這是一個很棒的主意。」

「原來如此。」葛博思說。但她仔細打量每個人，彷彿不確定該相信誰講的話。「嗯，是真的，山羊有可能會喜歡果皮……」

「當然是真的。」費歐娜說。「我們幹嘛要騙您呢？根本沒有理由要說謊騙您嘛，今天沒有，明天沒有，永遠都不會有。」狄亞哥輕輕踢了她一腳，要她閉嘴別再講了。

「凱琳，」葛博思說：「如果事實上，真的就是這麼一回事，我想妳考慮得很周到。把果皮餵給山羊吃也無傷大雅，不過你們的實驗就到今天結束，我不能讓同學們每天在垃圾桶裡東翻西揀。去吧，可以把果皮拿去羊欄了。」

大家立刻準備衝向門口，但是葛博思搖了搖頭。「不是叫你們全都去。凱琳，妳可以去，還有……亨利，你這麼熱心支持凱琳，可以幫她的忙。至於其他同學：現在就回教室。」

◎

走去羊欄途中的氣氛真的相當尷尬。我和亨利沉默不語，直到我們走到他在「誰是孩子王」挑戰那關建造的碉堡前面。「碉堡還在。」我說。

「對啊。」他回答。然後我就不知道能說什麼了。

走到羊欄之後，我們開始將果皮撕成細條，一次扔一條進

去。結果山羊真的喜歡香蕉皮。有幾隻山羊吃了果皮，其他隻似乎更喜歡把果皮當玩具——牠們把果皮拋到空中，或用鼻子把地上的果皮推來推去弄得沾滿沙土。

我一直注視著羊群。「呃，我想這是非創校元老的第二次聚會。」我終於開口。「成員全到了嗎？」

「不算全到。」亨利說。「別忘了，波力也算非創校元老的一員。」

「他在那裡。」我說，朝著波力雕像揮手示意。我停頓了一下，接著說：「我很高興能擺脫這些香蕉皮。真是個餿主意。」

「不是餿主意。」亨利說。他沒有接著說「**只是很惡劣**」，但我認為他心裡是這麼想的。

「無論如何，剛剛你算是救了我一回。」我說。

他剝下一條細長的香蕉皮，丟給其中一隻小山羊。壞脾氣大山羊幾乎是立刻就衝過來，搶走給小山羊的果皮。

「你為什麼這麼做？」我問。

「做什麼？」他問。

「救我。讓我逃過葛博思的訓話。」

他又試了一次，再剝下一條香蕉皮丟給小山羊。小山羊這次接住了，在其他山羊來搶之前跑開。「我想我不認為妳是惡劣的人。」

聽到這句話，我的喉嚨一緊。

「不過我是惡劣的人。」我坦承。「至少以前是。」

「不會啦。」他聳了聳肩。「我不應該當著大家的面跟妳

吵。」

「我不是說我以前對**你**很惡劣。」我說。「或至少不**只是**對你很惡劣。我是說……以前，在我以前的學校。其實……我算是很混蛋。」

話聲迴盪在空氣中。那……就這樣吧，世界也沒有毀滅或什麼的。

「只有對一個女生那樣。」我開口繼續說。「我很惡劣，老是嘲笑她。真的很怪，因為現在回想起來，我真的不知道**為什麼**。我一直在想這件事，但是我……」

我愈說愈小聲，最後我搖了搖頭。「總之，你還不會被淘汰，可以嗎？」我說。「我是說，我**必須**淘汰雙胞胎，因為他們一下子就出賣我，沒錯吧？所以有兩位參賽者準備遭到淘汰。」

大山羊又搶走另一頭比較小隻山羊接到的香蕉皮。我看著牠嚼了兩下，然後一大口吞進肚子裡。**大笨羊，我心想。你不知道好玩跟惡劣之間的差異嗎？**

亨利終於轉向我。「凱琳，我其實不知道要是葛博思沒發現波力的那些香蕉皮，波力會把它們拿來做什麼。我只是希望事情會是這樣。」

啊？所以亨利希望這次大賽展現出波力最好的一面，或者像瑪格教的，波力的「阿瑞忒」，即使那未必是波力的**完整**面貌。

亨利將最後的果皮丟進羊欄，雙手在牛仔褲上抹了抹。「重點是，我其實並不**想要**成為下一個了不起的波力・芬克。」

「你不想？」

他聳聳肩。「不太想，我只是喜歡這次大賽的點子。我喜歡大家可以同心協力去做一件事，無論如何，我們都能留下一些共同的回憶。」

亨利不想再參與大賽，讓我有點難過，不過我明白他的意思。我是說，要想通如何成為自己已經夠讓人困惑了，誰會想要既成為自己又成為另外一個人？

◎

我們在體育課結束後很快進行了淘汰儀式。提摩西和湯瑪斯剛上完課還渾身是汗，他們站在我前面，耳朵裡插著鉛筆。當我宣布他們都不會是下一個了不起的波力・芬克，他們齊聲大喊：「我們來自天上群星！」然後他們把鉛筆用力插進土裡。

「我也出局了。」亨利說。他小心翼翼的把他的自然小百科放在雕像底座前方。「只剩三位參賽者了。」他說。

「剩我、狄亞哥跟由美。」費歐娜說。「三強誕生！」

這表示接下來只剩兩項挑戰，我不想再搞砸了。

訪問：亨利

亨利：

　　還記得我跟妳說過嗎？我掉進河裡的事？

凱琳：

　　下大雨之後。記得。

亨利：

　　我最近一直在想這件事。一直在回想那一刻的感覺，腳下的地面就這樣……崩塌。地面塌陷後大概一秒鐘，我就在水裡了，被急流帶著走，但是這一秒鐘長到讓我明白已經太遲了，我正掉進水裡，沒辦法控制接下來發生的事。妳知道那一刻我想要什麼嗎？

凱琳：

　　不知道。救生衣？

亨利：

　　絕不是什麼冷知識，這點我很確定。我希望自己不會這麼孤單。我想這就是為什麼我最後會告訴妳我的祕密。

逐字稿

　　放學時，我朝著停車場走去，亨利追了上來。「等等。」他說。「我有東西要給妳看。」

　　他遞給我一張對摺起來的紙。我準備接過時，他拿著沒放手。「妳先發誓，」他說：「以非創校元老之名發誓妳不會告訴任何人。」

　　我點頭。「好，我以非創校元老之名發誓。」

　　他放開手。我打開來看。

www.VT/gov/towns/Mitchell/Council/Mtgs/Trscrpt/0827
逐字稿：米契爾鎮議會
開會時間：八月二十七日
第七頁，共十二頁

卡迪納利議員：我們怎麼會在討論這個？這些都是我們的孩子。

葛洛斯特議員：我們在討論這個，因為我們的預算出現三十八萬七千美元的結構性赤字，我們的財政已經掉入死亡螺旋。你還記得馬紹爾瀑布城的狀況嗎？他們那時候的赤字還沒有我們現在的那麼大，但是三年內就暴增到超過兩百萬美元。

米勒議員：天哪。誰能告訴我，我們是怎麼落到這種地步的。

葛洛斯特議員：老樣子，安琪。開銷超過稅收。

卡迪納利議員：我們不能犧牲孩子來平衡收支。

葛洛斯特議員：學校只是實驗性質，我們已經盡力了，開一間學校實在太燒錢。

卡迪納利議員：沒有學校的地方算什麼地方？

葛洛斯特議員：很多城鎮都沒有自己的學校。

卡迪納利議員：沒有帶小孩的家庭會想搬到沒有學校的城鎮，原本住在這裡的家庭也會搬走。要是沒有學校，我們就跟鬼城沒兩樣——

米勒議員：我們已經是座鬼城了，海克特。

卡迪納利議員：在我們非投票不可之前還有多久時間？

葛洛斯特議員：到今年年底前，我們都有責任發經費給學校。但如果明年學校不再營運，學生家庭會需要時間預做準備。我認為應該盡快投票。

祕密和沒有遵守的約定

　　我和亨利站在原地，將那張紙從頭到尾讀了三遍，努力想要搞懂。

　　等讀完第三遍，我的心撲通狂跳。在我們跟前，學生們開始在好日子鐘前面排隊。噹噹。一名學生敲鐘，然後換下一名。噹噹。噹噹。

　　「他們⋯⋯在講**這裡**？在講米契爾？」我問亨利。

　　他點頭。

　　「學校就快要⋯⋯？」我沒說下去，但心裡想著：**關門了，學校就快要關門了。**

　　他再次點頭。

　　「那你爸爸是那個⋯⋯」

　　「那個努力防止這件事發生的人，對。他很努力，但是不太成功。」

　　我再次低頭看著那張紙。我感覺自己一定遺漏了什麼，要是能讀懂，一定能找到某種解決方法。**犧牲孩子來平衡收支⋯⋯財政死亡螺旋⋯⋯我們已經盡力⋯⋯**「可是⋯⋯怎麼辦──？」

　　「妳是說我們？」他問。我點頭。我才意識到我原本是要這麼說的。**我們**。不是**你們**。不是**米契爾**。

　　我們。

　　「有非常多的學校停止營運。」他說。「到處都有，隨時都

在發生。以前在米契爾就發生過一次，學生轉去其他學校。我想，我們也會轉走。無論如何，剩下最後幾次挑戰，我想妳應該要設計得非常精采。為了所有人，有點類似最後狂歡，妳懂吧？」

在我前方，所有幼兒園生輪流去敲好日子鐘。涂林老師將鐘繩交到一個背包幾乎跟本人個子一樣大的小女生手裡。「瑟蕾娜，」他說：「妳覺得今天是美好的一天嗎？」噹噹。另一名園生。「麥斯，那你呢？」噹噹。

然後輪到毛毛。涂林老師將繩子遞到她面前。「妳今天學會念三個不一樣的詞。」他說。「我覺得是很美好的一天！」

她搖搖頭。**不要**。涂林老師微笑著看她。「或許明天再試試看。」他說。

我們打勾勾講好的約定，現在看來真是蠢斃了。我怎麼會要求一個五歲孩子不去敲鐘？我到底自以為可以達到什麼？為了她，為了我，或是為了任何人？

看完手上那張紙，我不知道自己能做什麼。我不知道接下來幾次挑戰我能怎麼辦。但是面對眼前抓著兔子布偶的小朋友，我確實知道自己該做什麼。

我將紙張還給亨利，然後小跑步到好日子鐘前面。「嗨。」我對毛毛說，在她跟前蹲下。「妳今天真的學會念三個詞嗎？」她點頭。

「妳知道我進幼兒園第一個月的時候會念幾個詞嗎？零個，就是這麼多。我也覺得妳今天度過很美好的一天。我在想啊，也許妳**應該**去敲響那個鐘。」

她低頭看著雙腳。「我答應過妳的。」

「啊，對……不然……要是我們一起呢？我們兩個，在同樣的時間一起不遵守約定？」

她認真考慮。

「當然了，還有真兔兔也一起。」我補充。「因為我很確定，他真的、真的很想敲敲看那個鐘。」

涂林老師用無聲的嘴形對我說「**謝謝**」，同時將繩子遞給我們。毛毛幫真兔兔擺好位置，我從一數到三，然後我們一起敲響好日子鐘。鐘發出響亮圓滿的噹噹聲。

毛毛朝小路另一端蹦蹦跳跳離開，沒有回頭。

我還沒有準備好看著一切結束，目送她離去時我心想。還不行，一切明明才剛開始。

走了就是走了

「我這才剛開始呢，爵黛麗熙！」後台化妝室門外傳來雷克斯‧洛迪的叫喊聲。爵黛麗熙再過幾分鐘就應該要上台，卻被他鎖在化妝室裡。很賤的招數，賤到不能再賤。

旁邊沙發位子上的嘉比撅起下巴。「雷克斯‧洛迪最差勁。」

坐在嘉比另一邊的外婆點頭。「他是個惡霸，錯不了。」

距離亨利告訴我學校的事已經兩天了。我跟嘉比在她家一起看《超級巨星》尋找靈感，因為我完全想不到最後幾項挑戰應該做什麼。我只知道亨利說對了，他說剩下最後幾次挑戰，**我想妳應該要設計得非常精采。**

對了，承諾亨利的事我做到了。我沒有告訴任何人學校要關門的事。我沒有向老媽提起，也沒有告訴其他同學或任何人。但是這件事一直在我腦海中盤旋。我在想嘉比或她的外婆會說什麼，要是我忽然脫口說出：**學校破產了，可能會關門。**

我環顧嘉比家的客廳。牆上貼了大概一百萬張嘉比的照片，於是我走近細看，眼神很快掃過她圓嘟嘟嬰兒時期和學走路的幼兒期照片，最後落在一張團體照上。是我們班的同學，迷你版的他們排成一排站在**米契爾學校**招牌前方。有迷你版的狄亞哥。有年幼時的由美，深色頭髮中看不到一點粉紅色。有小費歐娜。她穿著粉紅色洋裝，要不是看到蓬亂的頭髮和晶亮的眼睛，我幾乎認不出是她。他們和看起來比較開心的葛博思站在一起，手裡拿著橫幅標語：**創校日：創造歷史！**

「哇哦。」我瞇眼瞧著。「這是幼兒園？」

「對。」嘉比說。「第一天上學。」

她的外婆露出微笑。「哎呀，那天大家好興奮啊。終於有新開的地方，有點不一樣了。在磨坊關門，醫院關門，接著所有店鋪全都關門收掉之後，感覺總算有一絲新鮮空氣……」

「這裡以前有醫院？」我之前完全不知道。

「這裡以前可熱鬧了。」她說。巴斯特跑進客廳，吠叫著想引人注意。「好啦，好啦。來吧，巴斯特。」外婆撐扶著從沙發上站起來，帶巴斯特到屋外。

我回頭看照片，看見一張小嬰兒嘉比和一男一女坐在混凝土階梯上的照片。男人的膚色比嘉比的深很多，但是他們的眼睛一模一樣：棕色的大眼，眼神溫暖真摯。

「那是妳爸爸嗎？」

「是啊。」她說。「他去世了——妳應該聽說過了吧？」

我搖搖頭。

「他是難民，從金夏沙來的，六歲時來到這裡。他的笑聲是全世界最爽朗的，光是聽到就會讓人想要跟著開懷大笑。但是他得了胃癌，在我五年級那年過世。」

照片裡的女人頭髮很長，畫了顏色很深的眼線，表情凝成永遠的笑臉。她比嘉比更苗條，臉色很蒼白，但是笑容無疑跟嘉比一模一樣。跟她外婆的笑容也一模一樣。「那是……」

「對，我媽。」嘉比目不轉睛盯著螢幕。「她也走了。走得比我爸還早。」

我不知道她說的「**走了**」，指的是離開，或是跟她爸爸一

樣走掉了。或許是完全不一樣的意思。嘉比頓了一下才說：
「我猜，是不一樣的病。」

　　她沒有再說話，我也不再發問。或許哪一種走了都無所謂。走了就是走了。

　　電視螢幕上，雷克斯・洛迪步上舞台。觀眾原本以為上台的會是爵黛麗熙，看得出震驚的情緒在觀眾席中如漣漪擴散。等他們反應過來之後，有一半的觀眾開始瘋狂歡呼，另一半發出噓聲並將拇指向下比出倒讚手勢。

　　嘉比搖搖頭。「真希望能亂棒毆打那個傢伙，永遠把他趕走。」

　　「就像瑪格上課時講的那樣。」我說。

　　「對啊。」嘉比說。「替罪者。要是可以就好了。」雷克斯・洛迪準備好要開唱時，她做了個鬼臉然後按下靜音鍵。「那妳呢？妳們家怎麼會只有妳跟妳媽？」

　　「一直都只有我們兩個人。」

　　「妳們家一直都是單親？」

　　「對。我老媽決定就算沒有伴侶，她還是想要一個孩子。所以她三十五歲還單身那年，她就去生小孩了。」

　　「這樣啊。」嘉比說。「妳曾經希望家裡有更多人嗎？」

　　我搖搖頭。事實是，我沒辦法去想像家會有不同的樣子。不像嘉比，她曾經有深愛的父親，後來又失去他。我們家一直都只有我跟老媽，我想沒人有辦法思念某個不曾擁有過的東西。就好像，每個人都預設自己的人生才是正常的人生。

　　「嘉比，我有事要告訴妳。」我說。她等著。

「其實我不是從紐約市來的。」我坦承。這不是我瞞著她的祕密裡最重大的，但是我說出這個祕密不會破壞跟其他人的約定。「我**是**從紐約來的，只是那裡離市區很遠。我不知道開學那天我為什麼要騙人，我想是因為沒人對我有興趣，撒謊只是想讓自己感覺特別一點。真的很蠢。」

「沒人對妳有**興趣**？妳瘋了嗎？妳來的時候，大家都好興奮。」

我搖搖頭。「沒有，還記得嗎？全班整個早上都在講波力。然後你們跳起舞來，後來又一直喊著山羊山羊⋯⋯」

她隨意的擺了擺手。「嗯，當然，波力沒有回來學校讓我們非常驚訝。但是大家在那裡耍寶愛現，根本只是想吸引妳的注意，整個早上都是，妳看不出來嗎？像是費歐娜跟狄亞哥一直越過妳打來打去？還有由美上課上到一半彈起烏克麗麗？妳轉來班上，全班都**樂翻**了。先等一下，我喜歡這一段。」

嘉比取消電視的靜音，螢幕上的爵黛麗熙已經從化妝室被放出來，她步上舞台。她的兩眼閃亮，禮服層疊垂落。她的站姿有什麼地方，或許是昂起下巴的樣子，讓她看起來儼然人文課講到的古代女神。她開始演唱，而雷克斯·洛迪的眼神變暗，充滿怒火。她不只將雷克斯·洛迪的獨唱改成二重唱，還讓他的整場表演看起來只不過是在幫她暖場。觀眾席歡聲雷動。

「總之，我早就知道妳不是從紐約市來的了。」嘉比說。「外婆告訴我的，她上週在診所遇到妳媽。我不覺得有什麼差別。」

我向後靠在沙發上，想著凡事的真相是不是真的就如同表面上看到的。

大象寓言

「妳們的玩伴聚會好玩嗎？」老媽問，我們正在從嘉比家開車回家的路上。

「**媽，**」我說：「哪是什麼玩伴聚會，妳明知道我們不是**四歲小孩**。」

老媽沒回應，我瞥了她一眼。她的雙眼看起來十分疲憊。我記得她第一次開車載我來米契爾的樣子，不斷在聽到我從沒聽過的歌時把音量轉到最大。我也記得一到佛蒙特，她迫不及待要搖下車窗呼吸新鮮空氣的樣子，而我那時好生氣。不只是因為風把我的頭髮吹得亂糟糟的。我好生氣，因為她好**開心**。

「媽，我們搬來這裡，妳開心嗎？」我問。

她思索了一分鐘。「大多數時候很開心。」她說。她微笑。「妳似乎也適應了，所以有一些幫助。有很大的幫助。」

「跟妳期待的一樣嗎？在這裡的生活？」

「嗯，我想不是每件事都會**完全**符合期待，對吧？工作比我預期的還要難，這一點是確定的。」

「但是妳的工作能力很強。」我說。「妳知道自己在做什麼。」

「噢，**寶貝**，我想沒有人**真的**知道自己在做什麼，所有人只是隨機應變。但是大家很依賴我，所以我盡力而為，很多個夜晚我躺到枕頭上，想到自己做了能做的事，就覺得很安心。這樣就很值得了。」

　　她繼續開了一陣子車，又開口說：「不過妳知道嗎，能在這裡交到一、兩個朋友的話會很不錯。」

　　我從不知道大人也會去想交朋友的事，我一直以為只有小孩會煩惱有沒有朋友。

　　「要是我們有一天又得再搬家呢？」我問。「比如說，要是診所明天關門，而妳得回去以前工作的地方？」

　　「我不知道自己會不會**非要**回去以前工作的地方。但要是我非回去不可？嗯，我還是會很慶幸自己搬來這裡過。因為現在我知道自己**做得到**。我可以搬家，我可以經營一個組織團體，我可以過苦日子，然後我也可以隔天起床過更好的日子。所以，就算我真的明天就得回去以前工作的地方，我的工作也**不會**跟以前一模一樣，因為我已經不是從前的那個我了。」

　　在我們前方，車輛大排長龍，因為有一輛慢吞吞的曳引機擋在最前面。這是其中一件在這裡會碰到的事：開車時前面碰上曳引機擋路，一群鴨子過馬路從一片田走到另一片田，或是一頭鹿跳到前面，你只得緊急煞車。這種事一開始令人煩躁，現在碰到就覺得稀鬆平常。

　　我看到遠處的老舊歐索普工廠龐然聳立。車子駛近時，我試著看清楚一點。一扇扇巨大的銀白色窗戶分成很多小窗格。有些窗格破了，一小塊一小塊黑黑的像是缺了牙。

　　「妳覺得裡面究竟是什麼？」我問。

　　「回憶居多吧。」她說。「鎮上大多數的人以前都在那裡工作。」

　　我試著想像建築物裡滿是轟隆運轉的機器，人聲唧喳嘈

雜。如今，裡頭只有鐵鏽、碎玻璃和塌落的殘磚碎石。

　　我們駛近時，老媽嘆了口氣。「光是看就令人驚嘆。」

　　「是啊。」我說。「這地方真是讓人毛骨悚然。」

　　「嗯？」老媽愣了一下，看起來很困惑。「不是，我是說那些花，妳看它們被光照到的樣子。」

　　老媽一講完，我就看到她在看的了：是野花，繽紛熱鬧的一大片，從廢棄廠區的各個縫隙冒出頭來，好像堅決要重新占領這個地方。是紫色跟金黃色的花朵，映著向晚的陽光閃耀著，幾乎呈現電光般的色彩。

　　讓我想起老媽跟我講過的一個故事，是書裡的一則寓言。故事裡有一群瞎子，他們被要求摸摸看大象然後描述大象的樣子。有個人摸到象鼻，他說大象就像一尾蛇。另一個人摸到象腿，他說大象就像粗大的樹幹。第三個人摸到尾巴，他說大象就像一條繩子。他們全都說對了，但同時他們也都錯了。或者，他們全都錯了，除非你把他們各自的印象全都加在一起。

　　我在想要不要問老媽記不記得這則故事，但是她的手指在方向盤上輕叩，似乎和著腦中的某段旋律打起節拍，她看起來很滿足。

　　在我們前方的曳引機轉到一條泥土路上開走，老媽踩油門加速，我們朝家的方向駛去。

雕像群相伴

隔天早上，老媽要趕赴幾位病患的約診，很早就開車送我去學校。人文課教室的門還關著，我就到外頭去看看山羊群。

穿越雕像庭園半途中，在小路上看到瑪格的兩腿伸出來。她坐在地上，裹著厚重毛衣，背靠在雅典娜雕像上。瑪格閉著雙眼，雙手握著一個隨身杯。

「瑪格？妳在做什麼？」

「噢，凱琳！」她坐起來。「妳真早到！我是在忙碌的一天開始之前，好好享用一下早晨的咖啡。我發現這裡的好朋友啊——」她朝著所有雕像略微揮了揮手，「是想事情時很好的同伴。」

我確實有事情要想。很多事情。

「瑪格。」我猶豫再三。「妳記得我們之前上課講的『名聲』嗎？」

她點點頭。

「記得我說過，有人獲得『名聲』的時候，其實我們不算是真的記得他們本人嗎？」

「就我的印象，凱琳，妳那時說我們記得某些人時，記得的事情總是**不完整**。我認為這樣子描述其實是很好的方式。」

「嗯，要是我們對**所有人**的所有事情的了解都不完整呢？不只是古人，還有現在我們應該認識了解的人？」

某方面來說，我在問波力的事。波力就好像有很多不同版

本，我搞不清楚哪個版本才是正確的。但是我在問的也不只波力的事。我也在想老媽說她希望能結交新朋友的事，嘉比思念她爸爸的事，她爸爸從那麼遙遠的地方來到這裡的事，還有走了就是走了的事。我也在想亨利保守的祕密，還有所有其他可能發生在我周圍的事——我甚至不知道要去想、更別說去問的事。

「我們知道的一切永遠是不完整的。」瑪格說。「最終，我們也只能完全了解一個人，就是我們每個人自己。而且得要很努力才能做到。」

停頓了一分鐘，我問：「波力‧芬克真的就像大家說的那麼了不起嗎？」

瑪格露出笑容。「波力非常特別。不過話說回來，我每個學生都很特別。」

「但是大家一直在講的那些事蹟，真的全都發生過嗎？」

「算是吧。但是有人跟妳說過他們以前為了波力有多麼生氣嗎？」

「真的嗎？」

「是真的，有時候波力闖禍害得全班都遭殃。我記得他們因此損失了好幾次休息時間，每次都沒什麼好下場。」

這種事他們可從來沒提過。在講述那些事蹟時，一次都沒提。

「人們口耳相傳講故事時，」她說：「會有所選擇。他們會強調某些部分，略過其他部分，否則他們講的就不是故事，而只是將很多事實集合在一起。好比說，妳還記得我怎麼介紹希

臘民主制度嗎？」她問。

「記得。」

「嗯，我們也可以換個方式來說這個故事：希臘人雖然發揚了民主的概念，但他們也刻意將至少四分之三或更多的人口排除在外，不給這些人投票權。例如我是女人，就沒辦法投票。我也沒辦法教書，或是在公共場域發表意見。大多數人其實也沒有辦法做這些事。還有其他關於希臘人的故事可以講，像是他們非常敵視外來者，他們打了很多、很多仗，戰事非常慘烈，他們甚至會把其他人當成奴隸。」

「等等，」我說：「那為什麼大家講到希臘人都講得好像他們很了不起？他們聽起來就像一群偽君子。」

「**偽君子**。」瑪格念出這三個字，彷彿在反覆咀嚼，仔仔細細的檢視這個詞。「對，妳可以這麼說。妳也可以說，幾世紀以來這麼多人選擇口耳相傳關於古希臘人的故事，本身就算是某種迷思。」

「那為什麼課堂上還要講他們的事？」

「比較簡單的答案是這樣：在你們接下來的人生中，你們還會碰到很多源自柏拉圖那個時代的事物，例如法律、文學、藝術和科學。就連**偽君子**這個詞，凱琳，都源自古希臘文裡指稱演員的字詞。但就像我說的，這只是其中一種答案，比較簡單好懂的版本。」

「那比較難的版本呢？」

「凱琳，古希臘人做過不只一件錯事，而這些錯事一直到現在都還困擾著人類，至今還沒有一件能夠解決。」

啊。所以，自從柏拉圖講說走出洞穴迎著陽光已經幾千年了，但人類還是不斷犯錯。

「重點在於，」瑪格又說：「我們有選擇。我們可以選擇想要保留世界的哪些面向，選擇要將哪些面向掃進歷史的垃圾堆。」

瑪格又啜了一口咖啡。好幾分鐘過去，我們就這樣坐著——四周一片安靜，從一開始就不是真實存在的眾神環繞我們。我在想她知不知道學校要關門的事。我想問她，但是我很確定，就算瑪格知道，她也什麼都不能跟我說。

進教室的時間到了。我們朝校舍走去，瑪格說：「跟妳說哦，有時候我會揣想，我們坐在朱利烏斯・歐索普先生以前住的房間裡，在他的雕像庭園裡聊神話和傳說，不知道他會怎麼想。」

「我想他會覺得也滿酷的？」

「也許吧。」瑪格說。「但是我不是很確定。看看四周，這個地方就像是奉祀古人的神殿，但是與世隔絕，感覺就像是老歐索普先生為他自己一個人打造的。我猜他會很討厭我們進來這裡。所以在這裡讓我覺得自己很叛逆，好像我占用了某個從來就不是要分給我的東西。事實上，我就是因為這種感覺才熱愛研究古希臘羅馬文化。」

「叛逆瑪格。」我大笑。

我忽然想到，或許瑪格是搗蛋鬼，有她獨特風格的搗蛋鬼。

校長辦公室大挑戰

　　那天上午稍晚，全班走向羊欄途中，我在走到瑪格稍早在雕像庭園坐著的位置附近攔住其他同學。「波力・芬克曾將人和物帶到大家意想不到的地方，並以此聞名全校。」我說。「他把披薩帶進教室，在吊扇上放亮粉，把果蠅帶到……呃……校園裡到處都是。當然，最有名的例子是他躲進葛博思校長的辦公室。」

　　我停頓一下，環顧所有雕像，然後看向歐索普先生很可能從來沒想過、也不會想要我們進入的屋宅。然而我們進來了。

　　「所以，我們最後三位參賽者這次要面對的挑戰是，」我瞥了由美、狄亞哥和費歐娜一眼，「進入某個他們不該進去而且完全不歡迎他們的地方。」

　　「太——棒了！」費歐娜尖聲歡呼。她轉向狄亞哥跟他互相擊拳。

　　「去哪裡？」由美問。「妳想要我們去哪裡？」

　　我傾身靠近他們悄聲告知，彷彿怕被那些石頭雕像偷聽到，「葛博思的辦公室。」

　　狄亞哥、費歐娜和由美互望一眼。

　　「我們會被抓到的。」費歐娜悄聲說。

　　「對啊。」狄亞哥說。「我們一進去，就等著全部被淘汰。」

　　「如果你們被抓到，也沒關係。這次的挑戰將採計時制，

最重要的是時間長短，誰最先被趕出校長辦公室，就會遭到淘汰。」

「就這樣？」由美問。「這次挑戰就這樣？似乎有一點⋯⋯直接。」

「確實。」嘉比說。「但在《超級巨星》裡，最直接的挑戰後來通常也會變得最有意思。」

我看見法拉畢老師在遠處呼喚我們。「喲—呼！創校元老，我們這邊有幾隻很餓的山羊在等你們囉！」

「挑戰就從休息時間開始。」我告訴他們。

訪問：由美

妳知道嗎，凱琳？莎劇裡有不少偷偷摸摸潛進某個地方的橋段。休息時間我跟狄亞哥、費歐娜站在校長辦公室外面，當時我就有這種感覺：我們三個就像莎劇裡的英雄角色，而這場精采戲碼即將進入尾聲。

不過希望這場戲不是悲劇！

我們輕輕敲了敲辦公室的門。沒人回應，我們趕緊溜進去。我們知道很可能沒有多少時間——葛博思通常會在休息時間四處走動巡視，但是很快就會回到辦公室。

我們一進到辦公室，費歐娜跟狄亞哥不約而同，立刻朝櫥櫃移動。狄亞哥手腳很快，但是費歐娜嬌小靈活，像一隻凶悍的長耳野兔。她一個箭步，搶在狄亞哥之前站到櫥櫃門前，她跳進去，用力關上門。

我衝向葛博思的辦公桌，盤算著可以跟波力一樣躲在桌子後面。我爬過桌面，接著壓低身體躲在桌子後面的空間。

但是我只蹲低幾英寸，膝蓋就抵住牆壁。我換個姿勢再試一次。沒用！波力個子比我小，我也忽然想到，去年那時候他也比今年的我還小一歲。所以也有道理，他去年擠得進去，但我就沒辦法了。無論我怎麼挪動都沒辦法躲好，會像盒子裡的傑克一樣冒出來。

同時，狄亞哥在室內跑來跑去，想找一個地方躲起來。他想蹲在葛博思的辦公椅後面，但看起來活像是玩團體鬼抓人的

小朋友。他溜到百葉窗後面，但他的牛仔褲和球鞋還是會露出來。

　　整個場景實在太荒謬了：我的上半身從校長辦公桌後面露出來，狄亞哥的下半身從校長的百葉窗下面露出來。我忍不住捧腹大笑。

　　這時我聽到叩—叩—叩的聲音。是葛博思的腳步聲。

　　葛博思朝辦公室走近的同時，狄亞哥從百葉窗後面走了出來。他沒有笑，不像我。他的下巴緊繃，眼神嚴肅，我看得出來：他有非贏不可的決心。

　　妳懂了吧，這就是為什麼狄亞哥會是優秀的參賽者。

　　他跳到費歐娜剛才躲進去的櫥櫃前面，用力拽開門，跳進去跟她躲在一起。

　　葛博思推開辦公室門的那一刻，他剛好關上櫥櫃的門。

　　結果只剩下我一個人完全暴露在外。

　　我只剩下唯一一個選項：用意志力讓自己隱形。我整個人平貼在牆上，盡可能讓自己和葛博思的花卉壁紙圖案融為一體。

　　沒用。

　　「由美！」葛博思話聲急促。「妳……妳究竟以為自己在做什麼？」

　　我想，對我來說，這齣戲終究是悲劇收場。

訪問：費歐娜

　　總之，如妳所能想見，狄亞哥跟著跳進櫥櫃裡的時候，我心想：**搞什麼──**？

　　然後我就想著**不行，不公平。是我先來躲在這裡的**。我也這樣告訴他。我說：「我先躲在這裡的，狄亞哥・席瓦，你這搞破壞的螃蟹蟲立刻給我滾開。」至少我試著這麼說，但是葛博思就在櫥櫃門外面，我唯一的溝通方式是狂揍他的手臂。透過門縫，我看到他指向由美躲藏的地方。他搖了搖頭，做出「**你出局了**」的動作，像是棒球賽裡的裁判。

　　在櫥櫃門另一側，葛博思開始訓斥由美。由美被抓到了。出局。**遭到淘汰**。表示最後只剩下我跟狄亞哥，我們兩個其中之一會成為下一個了不起的波力・芬克。

　　我意識到這表示狄亞哥除了是我的死黨，現在也正式成為我的死敵。

　　我的**剋星**。

　　我在櫥櫃裡狠狠瞪著他。用的是那種足以置人於死地的眼神，希望能夠傳達：**我會摧毀你，狄亞哥・席瓦**。妳知道他的反應是什麼嗎？他也朝我狠狠回瞪。

　　我們就這樣坐在櫥櫃裡，邊聽葛博思訓斥由美，邊用足以致人於死的眼神瞪著對方。由美道歉的時候，我們死死瞪著對方，直到葛博思破口大罵還繼續互瞪，「我根本沒時間去搞懂妳溜回來這裡做什麼，小姐，因為我有一通很重要、很重要的

電話要打，而妳已經拖延到我的時間了。對，出去時請關上門，我之後會再找妳，到時候我們一定會好好來處理這個狀況。」

　　葛博思關上門，開始撥電話，我們繼續死死瞪著對方毫不鬆懈，直到我們聽到她説：「《北地自由新聞》嗎？是的，我是米契爾學校的艾莉絲・葛博思，貴社有一位記者先前打過電話給我。」

　　接著我意識到，我們得在這裡待上一陣子了。大概就在這時候，一直死死瞪著對方開始讓人覺得很尷尬。我刻意大動作將頭轉開不去看狄亞哥。

　　以波力・芬克之名，我要和你對抗，狄亞哥・席瓦。我們之中只會有一個人贏得「名聲」，我對自己説。

　　波力要是能看到這一幕，肯定興奮極了。

事情非常不對勁

　　午餐時間的鐘聲響起時，還是不見費歐娜和狄亞哥的人影。去自助餐廳途中，我們經過校長辦公室。「他們還在裡面嗎？」亨利思索著。

　　「不可能吧。」由美說。稍早她描述自己用意志力隱形卻失敗的事時，笑得前仰後合。現在她卻一臉擔憂。

　　嘉比踮起腳尖，將耳朵貼在門板上。「葛博思在講話。」她悄聲說。她細聽了一分鐘。「她在說**深感難過……如我先前所說，一切都還有轉圜的餘地……不……不會……**」

　　「她在跟費歐娜和狄亞哥講話嗎？」山姆問。

　　「我聽不出來。」嘉比悄聲說。

　　午餐時間結束時，校長室的門還是關著的。這表示要嘛狄亞哥跟費歐娜闖了大禍，要嘛他們的躲藏技巧跟波力‧芬克一樣高明。

　　我們去上數學課。法拉畢老師問費歐娜跟狄亞哥人在哪裡。提摩西乾咳一聲，低頭看著課桌。「校長辦公室。」他說。

　　「呃哦，聽起來不太妙。」法拉畢老師說，然後不等他們來就開始上課。

　　過了將近二十分鐘，教室的門終於打開。所有人興奮的抬頭張望。我原本以為狄亞哥和費歐娜會哈哈大笑，或至少努力憋笑。但是很古怪。他們既不看我們，也沒有看向彼此，只是安靜的各自回到座位上，直盯著課桌看。然後他們整節課都保

持那樣：默然不語，一動也不動。

表示事情非常、非常不對勁。

訪問：狄亞哥

原本一切都只是好玩，直到你坐在校長辦公室的櫥櫃裡，聽到她跟一個記者說一些不是要講給你聽的話。「預算數字並不正確……不是的，沒辦法永續經營」之類的話。

一開始，我根本沒在聽。但後來葛博思開始講一些其他的事，像是「將老師資遣也無法解決問題，學校裡的老師也沒剩幾位了……是的，直到今年我們都還有幾位地位很高的贊助者……我相信您一定知道，米契爾鎮上並沒有很多財力雄厚的贊助者……是的，我自願減薪。是的，我知道學校面臨倒閉是新聞，但我想請您先不要刊登報導，等我們確定之後……我不希望家長們是在這樣的情況下得知這件事。畢竟這些孩子從小到大都在這裡上學……」

我心裡有某個地方在吶喊：**等一下。等等。不要。**

然後我轉頭看向費歐娜。我想問她：**我聽到的跟妳聽到的一樣嗎？**

因為我聽到的不可能是真的。怎麼可能。

但是我看到她的表情了。我知道她也在聽，那表示我聽到的畢竟是真的。

我是說，要聽懂發生什麼事一點都不難，不必當什麼腦外科醫師、火箭科學家甚至半感知型機器人就能聽懂。有人想要讓學校關門，而葛博思在想辦法不讓我們發現。

寫於米契爾學校校長艾莉絲‧葛博思辦公室
十月十二日，週四

致米契爾學校全體師生：

　　今天下午，我得知本地的新聞媒體很快就會刊出一篇報導。報導內容是關於米契爾的財政危機，以及這場危機無可否認將為米契爾唯一一間學校帶來的難關。

　　我必須坦承相告：報導內容並不樂觀。由於開銷愈來愈大，稅收卻逐漸減少，地方政府的財政預算十分緊縮，鎮議會可能很快就會投票決定停止補助學校經費。

　　我們面對的情況並非特例，在州內甚至國內各地都發生了類似的例子。一九三〇年以來，將近百分之七十的鄉下地區學校不得不停止營運，全國總共有超過十五萬間學校遭到廢校。

　　但是在統計數字中，看不到真實的人臉。這是我們的學校。這是我們的社群。這些學生是我們的孩子。

　　米契爾鎮確定已無預算，但州政府不可能完全沒有緊急教育經費可供運用，端看為政者的政治決心。或者，也許會有私人願意贊助經費，讓本校得以維持營運。

　　接下來數天，會有數家新聞媒體前來本校採訪，也會有攝影記者前來。他們最有興趣的是校園實景拍攝，不過我已經鼓勵他們等到我們跟達富薩的足球賽時再回來。（綠隊加油！）貴家長如不希望您的孩子在拍攝時入鏡，懇請賜告。話雖如此，我確實相信有一些相關報導會有一

些幫助。

　　我們的社群很小,學校也很小。也許從外人的角度來看,我們似乎無關緊要。但是身在其中的我們很清楚,事實剛好相反。我們很重要。我唯一能向各位承諾的,就是我會將這一點謹記在心,絕不或忘。

校長

艾莉絲・葛博思

戛然而止

　　電視節目通常不會在一季演到一半時轉換類型調性。喜劇會一直很好笑，驚悚劇從頭到尾充滿懸疑，至於戲劇就一直……呃，很戲劇化。或許這就是為什麼當大家發現學校可能關門時，會覺得詫異突兀。一切都變了。

　　角色變了，這一點無庸置疑。接下來的一週，沒有人鼓譟，沒有人打鬧，沒有人大笑，也沒有人提起波力。就好像創校元老把自己最吵鬧的那一面打包收進行李箱，擱下行李，然後將它完全遺忘。如果有人找到這個行李箱並且打開它，會聽到一堆呼喊吆喝聲：**凱琳愛玩足壘球！以波力‧芬克之名！**和**這個挑戰爛死了！**

　　但我想沒有人找到這個行李箱，因為他們全都很安靜。

　　還有一件事也變了：雖然淘汰到最後只剩下兩名參賽者，但創校元老好像不再關心大賽了。他們隻字不提。我向嘉比提起大賽的事，提議也許最後來一個很精采的大挑戰可以讓大家不去想學校當下的情況，她只是搖搖頭。

　　「時候未到。」她說。「我想現在沒有人有那個心情，也許要等整件事告一個段落。」

　　但我不太確定事情會不會告一個段落。也就表示，大賽要無限期延後，就像一季播到一半，你才開始覺得精采，節目卻戛然而止。

　　當地報社在週六刊出報導。老媽大聲念出來。她問我會不

會難過，我想我會，因為我想都沒想就點頭。

「唉，寶貝。」她說。她在我的頭頂親了一下，然後抱住我。我們就這樣抱了許久。

◎

週末過後，我們回到學校，葛博思輪流到每一班去跟學生談話。她大部分時間都在向我們保證，她會盡力去做一切她能做的，但無論發生什麼事，我們都不會有事。

「可是我們就不會是創校元老了。」狄亞哥說。

嘉比表示贊同。「不會跟以前一樣了。」

看著葛博思努力想要回應，我忽然想到：所有人裡面最難過的，可能就是她了。我不確定想通這點是不是好事。與其知道校長也是有喜怒哀樂的真人，還不如相信她是巫婆就好。我想自己一直以為，作主就是制定規則，要求其他人照著做。但或許，作主也是所有人都向你索求東西，而你不知道要如何或可能根本沒辦法提供。

費歐娜舉手。「新聞寫說很多學校都遇到同樣的問題，達富薩也一樣嗎？」

「當然不會。」由美說。「達富薩很有錢，他們的稅金充裕，養得起一間學校。」

我看向校長，期待她糾正由美。因為不該是像她說的那樣吧——學校那樣運作似乎很不公平。但是葛博思並沒有反駁由美的話。她只說：「我沒聽說達富薩的學校有可能關門。」

所以有沒有錢不只是關係到開什麼車，或是能住多大的房

子或什麼的。有沒有錢關係到很基本的事，例如有沒有學校可去。

嘉比舉手。「那我們不能募款之類的嗎？像是辦餐會、烤蛋糕餅乾義賣或幫忙洗車？還是我們全部都做，需要籌多少錢就做多少次？」

「學校營運需要非常多的錢，嘉比。」葛博思說。「不是幫忙洗車或烤蛋糕餅乾義賣就能──」

「那像那種線上募資呢？我們可以把連結寄給所有認識的人，讓訊息瘋傳。要是可以跟《超級巨星》一樣──」

由美打斷她的話。「《超級巨星》不是真的，嘉比。」

「某些方面算是真的。」嘉比堅持。「總之比其他節目更真實，這才是重點。」

由美搖搖頭。「是真的，只不過製作人會設計一些現實生活中絕對、絕對不會發生的荒謬狀況，而導演會在錄影時叫參賽者念寫好的台詞。還有他們錄影完畢之後，剪接師會坐在旁邊，從數千小時的影片中選出很短的片段剪接在一起，表示他們想要任何版本的故事都可以隨他們講。」

「**那些我都知道**，」嘉比說：「但至少節目一開始是找真人，不是演員。」

「一開始去為角色試鏡的是真人沒錯，」狄亞哥平靜的說：「然後由選角經紀人挑選出來的。」

費歐娜靠過去，伸手按在嘉比的手臂上。「是假的。」她平靜的說。「節目很好看，沒錯，但是是假的。」

嘉比用力拉開費歐娜的手。「你們沒有人懂得我努力想說

的——」

　　但她還來不及說完，葛博思就清了清喉嚨試圖拉回重點。「我們當然可以嘗試募資。」她說。「但是你們要知道，線上募資十有八九從未達到預期的目標，不過大家只會聽說那些成功的案例。所以即使我們嘗試，成功機率也微乎其微。」

　　我期待嘉比會提出其他點子，像是，我不知道，也許寫信給名人請他們幫忙，或是找找看最近幾期的大樂透得主問他們要不要投資。但她只是木然的盯著課桌上某個點，雙眼睜得大大的，好像在努力不去眨眼。

訪問：費歐娜

費歐娜：

那天早上去羊欄時，我們看到第一張紙條。紙條黏在波力雕像上，就在寫著規則那張紙和爵黛麗熙的照片之間。

我想也許是由美獻出的祭品。她一直沒有機會，因為在躲櫥櫃鬧劇之後，沒人有心情參加什麼淘汰儀式。

但是我問她說是不是她留下了什麼東西，她只是搖搖頭。

我們走近。是剪報，前一個週末《北地自由新聞》刊出的那篇報導。標題寫著：**米契爾權衡是否廢校。**開頭我都已經背起來了：**十月二十一日，佛蒙特州米契爾。米契爾學校恐面臨廢校，消息傳開後震驚全鎮。這座鄉村地區學校為實驗性質，於八年前在有八百二十六名居民的米契爾鎮上創校……**我現在基本上可以背出整篇報導。**財務危機。鎮上資金不足。無法永續經營。急需經費挹注。**一堆聽起來很無聊的字詞，全都指向同一件事：我們麻煩大了。

有人在剪報上用紅色粗麥克筆寫下幾個大字：**請救救學校。**

「誰貼的？」我問。沒人回答，我大喊：「**誰貼的？**」

到今天為止，我還是不知道是誰。

休息時間，出現了第二張紙條，這次是一張橫行紙，上面以潦草筆跡寫著：**米契爾很重要。**足球練習時間，又出現第三張：**米契爾小歸小，卻是大英豪。**第二天又出現更多張紙條。

週三下午，距離足球賽只剩兩天，又冒出了更多紙條，波力的螢光T恤看起來就像加了一圈白色的皺褶衣領。

那天練球時間從開始到結束，我彷彿一直聽到腦海中有個聲音在說：**費歐娜，要是妳失敗怎麼辦？費歐娜，要是妳失去學校怎麼辦？費歐娜，要是輸了比賽怎麼辦？費歐娜，妳要怎麼辦？費歐娜費歐娜費歐娜費歐娜費歐娜。**

練完球以後，我大踏步走向波力的雕像，隨手抓了一張紙和一枝麥克筆，草草寫下：**幫幫我們。**

凱琳：

妳是要說幫我們打敗達富薩，還是幫我們保住學校？

費歐娜：

我不確定。也許兩者都有。那時候，學校的命運和比賽的結果感覺就像同一回事。

訪問：嘉比

　　我爸爸接受治療的時候，我們一直收到郵寄過來的帳單——那些帳單我們知道自己一輩子也付不清。一開始我們把帳單藏起來不讓爸爸看到，因為外婆說爸爸只要想著怎麼好起來就好。但過了一陣子，爸爸還是沒有好起來，也就不需要把帳單藏起來了。

　　為了幫忙我們，大家做了好多事。有人烤蛋糕餅乾義賣，有人幫忙洗車賺錢，社區還辦了募款晚餐。我大概去了八次餐會，來的人樂捐五美元，可以吃一盤用紙盤盛裝的義大利麵。甜甜圈夫人店裡擺了一個愛心零錢筒，人艾餐館所有的服務生合力捐出他們在三個晚上收到的每一筆小費。就連一些以前對我爸一直不太友善的人，都伸出援手。

　　噢，還有創校元老，他們甚至在市區擺了個檸檬水攤位。他們義賣只賺了三十二美元，但還是非常貼心的舉動。有一天，我真的非常難過，波力說他會跟他的恩迪里席斯坦共和國王室成員談談看有什麼辦法，當然很傻氣，但我聽了大笑不已，那時我真的很需要好好笑一下。

　　大家都很好心，但還是不夠。

　　如果我們是《超級巨星》的角色，事情就會是這樣：製作人會拍我們計算自己還剩多少錢，然後盯著帳單的畫面。就在觀眾開始擔心的時候，會響起敲門聲。我們會打開門，評審團會走進屋內。他們會告訴我們，有一位大富翁，也許是某位名

人或脫口秀主持人或什麼人，聽說了我們家的事。他們決定要幫我們付清所有帳單。在鏡頭前面，他們會頒給我們一張那種製作成類似巨型支票的海報，上面列出的巨額數字讓我們這輩子都不用再煩惱錢的問題。

　　我也知道我會怎麼反應：我會抬起雙手捧著臉，倒抽一口氣。外婆會哭出來，然後我們會抱在一起，隔週《時人》雜誌會刊出一篇人物側寫報導這件事。

　　葬禮一結束，我跟外婆就開始看《超級巨星》。一開始，我們只是想轉移注意力，但後來就不只是那樣。每一季開始時，所有參賽者都是平凡人，跟我們沒什麼不一樣。我喜歡到了一季最後，知道其中有一個人的人生會從此截然不同的感覺。要是**他們的**人生能夠有所改變，我們也可以。

　　但是我不知道。也許由美是對的，也許那種事只會發生在電視上。

不祥徵兆

足球賽前一天，瑪格抽出一張索引卡，上面是費歐娜的字跡，只寫了：**休息時間**。

瑪格盯著卡片看了好一陣子。她臉上的表情跟她第一次異想天開提議索引卡挑戰的時候一樣──像是在心中反覆思量某件事。「我有個主意。」她說。「不如我們不要只是用嘴巴**講**什麼休息時間，或是從工作和壓力暫時抽離的價值，讓我們身體力行一下。今天大家就一起蹺課好不好？一起到外頭去。」

她是認真的嗎？看到沒有人跟來，瑪格回過頭：「一起來吧！」

朝戶外移動途中，瑪格告訴我們，從古到今不同的社會文化都曾努力探索怎樣樣才是幸福的生活。「希臘人用一個詞來指稱他們認為的幸福生活：『至善至福』，這個詞的概念涵括所有讓一個人順遂美滿的事物：喜樂、勤奮工作、學習和倫理。『至善至福』講的不是短期的快樂，而是用一種方式去提問：**當我回顧自己的人生，會希望自己在人生中有什麼樣的成就？**」

我們來到戶外。外面秋高氣爽。瑪格拉緊身上的毛衣，看著我們。「所以，現在就讓我們體驗一下『至善至福』吧。此時此刻是各位七年級的十月下旬，大家意外獲得一個禮物，就是多出來的休息時間，你們會用來做什麼呢？」

湯瑪斯很快朝我咧嘴一笑，然後舉起手。「我聽說凱琳愛

玩足壘球。」他提議。我知道他是在講櫛瓜日跟全世界最蠢的那句喊話：**凱琳愛玩足壘球！**那天我好氣他們。

這次他們開始大喊同一句話時，我卻覺得不再那麼孤單。

我們分成兩隊，以波力雕像為本壘。我們這隊先進攻。狄亞哥上場。「要記得，」他在本壘就位之前說：「把這顆球當成達富薩那些打敗我們的傢伙。」然後他將球使勁踢向外野，輕鬆站上二壘。

嘉比站上一壘，狄亞哥跑上三壘。

換由美上場打擊：一記強勁漂亮的滾地球。費歐娜在外野防守，她在狄亞哥拔腿跑向本壘的同時一把將球接住。

「你想都別想！」費歐娜大喊。「**以波力·芬克之名！**」她將球傳回本壘。球傳得遠了一些，沒能成功觸殺狄亞哥，接著飛掠過本壘，不偏不倚落在羊欄中央。

大山羊漫步到足球旁，用鼻吻輕推了一下球，滿懷好奇。接著他用嘴巴將球叼起，大口咬了下去。足球幾乎是立刻就消氣癟掉。

「呃，」亨利說：「似乎不是個很好的徵兆。」

◎

我們其他人努力思考剩下的自由活動時間要做什麼時，由美跟瑪格要了一枝耐水性麥克筆。她在波力雕像的底座旁坐下，開始在癟掉的足壘球上畫畫。

「我一直沒有獻出我的祭品。」由美說。「現在我想自己做一個。」

　　她畫完以後，將球舉高。她在球上畫了一張臉。有一眼明顯比另一眼大很多，鼻子看起來有一點像豬鼻子，歪一邊的笑臉看起來有點太像香蕉。

　　大家立刻就知道這顆足壘球會放在哪裡。

　　費歐娜的個子最嬌小，所以提摩西跟湯瑪斯合力將她抬起來。她將足壘球臉孔擱在樹枝最頂端。波力雕像看起來不再像是什麼詭異的無頭稻草人了，現在它看起來像個有點歪斜、咧嘴而笑、拼拼湊湊組成的人，身上垂掛著毛球花環。貼在上面的紙條讓它顯得衣衫襤褸。

　　「看起來不錯。」小柳說。

　　「看起來**超棒**。」山姆附和。

　　「你們覺得在幸運符上面掛上不祥徵兆是什麼意思？」費歐娜問。

　　「不知道。」狄亞哥回答。「無法預期的事，大概吧。」

　　費歐娜點著頭，似乎在認真思考。然後她轉向我們其他人。「今年跟達富薩的比賽，我們一定要贏。**非贏不可**，那可能是我們最後的機會。」

碉堡裡的兔子

比賽那天早上，我們全都穿綠色Ｔ恤來上學。大家身上的綠色有深有淺。亨利的上衣是煮熟豌豆的顏色，正面有著**峰嶺露營趣**標誌，費歐娜的上衣偏向薄荷綠，她甚至穿了搭配Ｔ恤和短褲的西裝外套。狄亞哥身上是酢漿草綠，雙胞胎穿了草綠色迷彩上衣。

我的Ｔ恤是很深暗、接近黑色的綠色，像是陰天時的沼澤。上面印著醫院的名稱，那是老媽以前工作的地方。

「下次我們應該挑同一種綠色。」我對亨利說。話才說出口，我就恨不得立刻把話吞回肚子裡。很可能不會再有下次了。

瑪格走進教室時順手抓起波力的帽子，她伸手進去抽出一張索引卡，打開對摺的卡片。「這張卡片來得正是時候。」她說。然後她大聲念出上面的字句：「**如何在一切變化太快時勇敢面對。**」

是我寫的。大概是八百年前寫的了，那時候我在努力適應的是一種變化。交出卡片之後我非常困窘，感覺好像全世界只有我會問這種問題。

瑪格走到窗邊，望向窗外，良久才轉身面對我們。「我想我在這裡能說的，大家早就知道了，創校元老。你們已經在勇敢面對，就是邁出一步又一步，繼續向前走。你們這麼做的同時，也盡你們所能展現出榮耀，展現出『阿瑞忒』。」

◎

　　上午某個時間點，新聞轉播車出現了。他們看到什麼都拍——山羊、雕像、操場，還有朱利烏斯・歐索普的肖像。真的很擾人。到了休息時間，我們甚至看到他們從遠處的操場邊緣拍我們。

　　「呃哦。」嘉比皺著眉頭。「我想像中自己上電視可不是像這個樣子。」

◎

　　午餐時間，涂林老師在我走進自助餐廳時攔下我。「凱琳嗎？我真的很需要妳的幫忙，是琪拉的事。」

　　我愣了一下，然後才意會到他講的是誰：毛毛。對我來說，她只是毛毛。

　　「有些學生一直在問學校的事，問說以後會怎麼樣。我們盡量告訴他們實話，也一直安慰他們。孩子大都接受了——對幼兒園園生來說，明年就跟下輩子一樣遙遠。但琪拉是個敏感的孩子，她離開教室去上廁所，然後一直沒回教室。原來她跑進亨利蓋的那座碉堡了，現在她不肯出來。或許妳可以去跟她講一下話？」

　　我告訴他我會盡力。我當然會盡力。

◎

　　到了碉堡前面，我看到毛毛的紅色球鞋露在外面。我蹲下來。「叩叩叩，有人在嗎？」我探頭進去。毛毛雙手抱膝，下

巴擱在膝蓋上。「這裡有沒有一隻真兔兔啊？我今天整天都在找一隻真兔兔。噢，快看！這裡有一隻。」

她不發一語，我就爬進碉堡裡。毛毛朝左側挪動一點，讓出位子給我。

在碉堡裡感覺很棒，空間比外面看起來還要大。裡頭暗暗的，只有幾縷陽光穿透樹枒照進來。

「妳是不是很難過？」我問。她讓真兔兔的頭上下擺動，就像真兔兔在回答說是。

「或許也有一點害怕？」她沒有回答，只是咬住下唇。

「我懂了。」我說。「我今年也不得不轉學，妳知道嗎？」

她抬頭看著我，我看得出來她很驚訝。

「我忘記了，妳可能還不知道。」我說。「但是妳上幼兒園第一天，也是我轉學過來第一天哦。那時候我好害怕。」

如今終於說出口，我才意識到這句話有多麼真實。**我好害怕。**

「但是妳都這麼大了。」毛毛低聲說。

「嗯，是這樣沒錯。」我說。「但是很大的人還是會害怕。」

我意識到，自己不只是轉學第一天很害怕。我想其實已經有好長一段時間，我都很害怕。就算我以為自己跟石頭一樣堅強。

良久，我們只是坐在碉堡裡，只有我們倆，還有真兔兔，心裡都很害怕。

當安娜‧史潘的臉孔在腦海中浮現，我不再試著將念頭趕走。我只是與回憶一起，坐在那裡。

我沒說的故事

是去年的事，發生在綠意盎然的某一天，那是老師們打開窗戶就會有暖風吹進教室裡，你可以感覺到夏天即將到來的夢幻時節。上體育課時，我們打排球。每次只要球接近安娜，同學們就學驢叫。我不記得是誰先起頭的——不是我，但是我立刻加入行列。老師們叫我們不准再鬧，我們就在學驢叫時降低音量。

球賽結束時，安娜直接走進置物間裡一個淋浴隔間然後關上門。她在裡頭待了很久。

我準備去上下一堂課，走到半路才想到，忘了帶數學課筆記。我衝回置物間。安娜獨自一人坐在長椅上。

就這麼一次，只有我跟安娜，我那些朋友全都不在。她看起來不太一樣——**更真實了**，幾乎像是第一次見到她本人。她兩眼紅腫，臉上淚痕斑斑，像是某個遙遠行星的地圖。

我還記得自己心想：**我大哭時就是這個樣子。**

如果我的朋友也在場，我可能會從安娜身邊走過，完全無視她的存在，或許會刻意笑很大聲，表示自己正忙著找樂子，根本沒空注意到她。要是有老師在場，我可能會說一些話，像是**上課鐘快響了**，或是**數學課要小考欸，最好趕快進教室。**

如果我們身處完全不同的宇宙，我可能會說些別的話。**其實我不是妳想的那樣。**或許我會告訴她：**我不知道自己心裡是怎麼了，內心深處那個堅硬的東西，我不知道它是從哪來的，**

但是我知道它正占據我的心。

但我只是站在那裡，跟安娜彼此互望，直到最後，我一把抓起筆記然後匆忙離開。

接著由春轉夏，老媽告訴我要準備搬家。而今我在這裡，坐在一個難過的幼兒園小朋友和她的兔子布偶身旁，思索著該說什麼。我不能告訴她我在想的故事，因為我知道她會問我，為什麼對安娜那麼壞。我也知道，我再怎麼樣都想不出一個好的答案。

有時候平凡的人會做出很糟糕的事。事實就是如此。他們會做出一些事，日後回想起來只希望自己不曾那麼做。而且，他們永遠無法擺脫自己做過的那些事。

我看著毛毛，想起開學第一天自己在她心目中的樣子：我就像是一個值得尊敬的人，雖然我不知道怎麼跟她講話，甚至不知道怎麼幫她打開牛奶紙盒。

假裝久了就會成真，嘉比告訴過我的。

我心想：要是我真的能成為開學日那天毛毛心目中的那個人呢？那個人現在會怎麼做？

「毛毛啊，」我終於開口，「我想跟妳說一個故事。」

「波力大戰葛魔王？」

我搖搖頭。「不是耶，是另一個不一樣的故事。」

我說的故事

很久很久以前有一個女孩，她覺得自己的心腸太軟了。她許了一個願，希望自己可以變成硬心腸，我想她的願望實現了。她很快就感覺到自己內心出現硬硬的東西，就像是肋骨後方長出了一粒桃子的核。

不對，不是這樣。她感覺到的那顆東西比桃子的核還硬，而且不像桃子的核，從那裡不會長出任何新芽。

那顆東西就像堅硬的石頭。

有些時候，這顆石頭就像熔岩一般熊熊燃燒，有些時候它寒冷如冰。當她感覺到石頭的存在，就很難再有其他感覺。這顆石頭不斷長大，它一天長得比一天更大。女孩不認為這件事有什麼關係，只不過有時候她會傷心難過，還有她一直很害怕，而在一個人傷心難過又很害怕的時候，石頭沒辦法帶來任何安慰。

所以我想，其實還是有很大的關係。

內心的石頭也讓她變得很惡劣。她很惡劣的做一些小動作欺負很多人，尤其會大動作欺負某個人。石頭愈長愈大，她也愈變愈惡劣。

然後有一天，女孩漫步到森林裡。她走進森林裡很深的地方，再也看不到她原本住的房子，讓她非常害怕。這時候她遇見一隻真兔兔，他的眼睛大大的，手臂長長的，還有一點點神奇。真兔兔用他的大眼睛，看見了女孩心裡的石頭。他看見女

孩因為帶著石頭走來走去變得好累。所以真兔兔用他的長手臂，施展一點點神奇，從女孩的喉嚨伸手進去，把石頭掏了出來。

　　他一掏出石頭，就把石頭丟進河裡。女孩覺得自己變輕了，也沒那麼疲憊了，對待別人也不再惡劣。

　　這告訴我們，真兔兔不只有一點點神奇，他也算是一個英雄。

如何勇敢面對

「故事結束。」我用這句話作結。

毛毛看著真兔兔。她拉開他的手臂，來回搖晃讓他左右擺盪。

「會痛嗎？」她問。我原本以為她在跟真兔兔講話，然後我聽懂了。

「妳是說把石頭掏出來的時候嗎？」

她點頭。

「這樣啊。」我尋思著。「有一點。但石頭一掏出來，女孩就覺得舒服多了。」

「她道歉了嗎？為了之前很惡劣欺負別人？」

我記起自己站在置物間裡，目不轉睛盯著安娜。當時我只覺得渾身冰冷。

「還沒有。」我坦承。

她輕皺了一下眉頭，只是輕輕的。「她應該道歉的。」

對毛毛來說，事情肯定很單純。或許就是這麼單純。但是坐在此地的我，卻沒辦法想像自己向安娜道歉。就好像她站在湍急河流的一岸，我站在另一岸，中間沒有任何連通的橋梁。

「她真的應該道歉。」我說。「或許某一天她會。但是這個女孩一直沒辦法勇敢面對。」

「但是她已經比以前勇敢了？」

我思索著。「對。」我終於開口回答。「對，我想是的。」

　　毛毛不停讓真兔兔跳著舞，雙唇掀動好像唱著無聲的歌謠。就算我聽不到她在唱什麼，我也很確定真兔兔聽得到。至於我，則聽著碉堡另一側的聲音——樹葉沙沙作響似在細語，遠處山羊群的咩叫聲，還有更遠處除了我們以外所有人都在的自助餐廳裡的聲響。

　　她應該道歉的。

　　她不怎麼勇敢。

　　但是她已經比以前勇敢了。

　　我不知道是什麼讓毛毛終於決定真兔兔跳完舞了，也不知道是什麼讓她覺得已經準備好要回到原本的世界。但一會兒之後，她爬出碉堡，撣了撣沾在真兔兔身上的松針。

　　從碉堡出來時，陽光比我預期的還要耀眼，雙眼過了幾秒鐘才適應。等雙眼適應光亮，我看見遠處其中一名記者在拍山羊群。

　　我們走過草地時，毛毛拉起真兔兔的一隻腳掌要我牽，我牽起來。她牽起他的另一隻腳掌。現在我們三個排成一列了。兩個人加上一隻神奇兔兔，手牽手一起走。

　　攝影師變換角度，現在他們將鏡頭對準我們了。我想起葛博思告訴過所有家長，如果不想入鏡就不需要接受拍攝。我發現自己並不在意。**讓他們拍吧**，我心想。**也許很多年以後的某一天，毛毛看到影片會記起來，這一切竟然真的存在過——搖搖欲墜的屋宅、壞脾氣的山羊群、臨時搭建的碉堡，還有這個周圍擺滿祭品、歪歪扭扭怪模怪樣的稻草人。**

　　「它還會回來嗎？」毛毛問。

「嗯？」

「那顆壞石頭。它還會長回來嗎？在女孩心裡？」

我思索片刻，想到兩千年來關於那些「阿瑞忒」、榮耀等很好的概念，而人類卻一錯再錯。

「我不知道。」我告訴她。「女孩不想要，但她也不確定。有很多事情，她都再也不確定了。」

前面的自助餐廳大門打開，小朋友們蜂擁而出，衝向操場。我望向即將舉行足球賽的場地，望向理應為我們帶來好運的波力雕像，還有當成頭那顆大概是不祥徵兆的足壘球。我看著所有在風中輕輕飄動的紙條。

達富薩校隊在一小時之內就會抵達。

出乎意料

　　所有人都激動不已。我們在人文課教室裡等待達富薩校隊抵達，渾身緊繃，蓄勢待發。狄亞哥拚命上下抖腳，簡直要在地板鑽出一個洞。費歐娜坐在我旁邊，她在位子上不停動來動去。一下子盤起左腳坐在腳上，沒過多久又立刻把腳踩回地上，然後再換別的姿勢。

　　其實所有人都躁動不安。由美的十指在課桌上不停敲彈。亨利不斷抬手梳理頭髮，提摩西一直拗手指劈啪作響。至於我，直到手上的鉛筆飛到教室另一端，我才發現自己一直在轉鉛筆。

　　這表示我也很緊張。

　　這時候，我們聽見校車引擎的轟隆聲。愈來愈近了。「他們來了。」亨利悄聲說。

　　我們聽著煞車時尖銳的嘰嘰聲，然後是校車開門時的嘎吱聲。接著是人聲，在一片嘈雜的唧喳話聲中，傳來學生的講話聲。但之後有人大喊一聲，很短的口令，其他人立刻聽令行事。

　　他們在喊口號。達富薩校隊在喊口號。跟米契爾的學生一樣，只不過他們在喊的口號截然不同。

　　來敲鐘！

　　來敲鐘！

　　來敲鐘！

　　費歐娜第一個站起來，她動作太快，連椅子都被掀翻倒地。

　　「費歐娜。」瑪格出聲警告，但是費歐娜已經衝到窗邊。她一站起身，其他人也跟著站起來。

　　他們就在外頭，邁步朝著校舍前進：一大群學生，身穿寶藍色上衣和剪裁合宜的白色短褲。他們直奔好日子鐘而去，宛如向前推進的亮藍色甲蟲大軍。

　　來敲鐘！

　　來敲鐘！

　　來敲鐘！

　　「你們敢！」費歐娜咆哮。「看你們誰敢碰我們的鐘。」

　　我們無助的看著其中一名藍衣學生伸出手，一把抓住鐘繩。在我旁邊的嘉比屏住呼吸。

　　噹噹。

　　過去這幾週，我只敲過一次鐘：那天下午和毛毛一起敲的。還是不覺得好日子鐘屬於我。但不知道為什麼，當我聽到噹噹聲和隨之而來的歡呼聲，我還是覺得心中升起一股怒火。

　　好日子鐘幾乎不算是我的，所以絕對不會是**他們的**。

　　我瞥了其他人一眼，想說他們應該也火冒三丈。但他們看起來卻很⋯⋯困惑。

　　「等等。」費歐娜說。她緊緊閉上雙眼，然後睜開。接著她搖晃了一下腦袋，好像想把自己從夢中叫醒。

　　「怎麼⋯⋯」狄亞哥喃喃道，比較像在自言自語。「怎麼**可能**。」

　　「我的老天爺。」嘉比說，語氣滿懷敬畏。

　　我再次看向達富薩的隊員，想搞懂是什麼讓創校元老這麼震驚。「怎麼了？發生什麼事？」

　　沒有人回答。我看了亨利一眼。他的臉色好蒼白，幾乎像是活見鬼。

　　瞬間靈光一閃。也許他們**真的是**見到鬼。

　　也許不是真的鬼，也許更像是外星人。或者是某個神祕失蹤的人，如今同樣神祕的現身，而且正往校舍走來。

　　還穿著亮藍色的球衣。

了不起的波力·芬克本尊

訪問：狄亞哥

我真不敢相信。

我是說，我真的沒辦法相信。我一直在想這是不是什麼玩笑。是我眼花，還是管他什麼的。

波力‧芬克就在那裡。**我們的**波力‧芬克。他彷彿起死回生，就像那些提摩西跟湯瑪斯老愛模仿的殭屍。

波力搬到**達富薩**？

他現在也是**有錢小孩**了？

獨一無二

「哪一個是波力？」我問。

費歐娜指著外面，但是我沒看到誰像我期待中的波力‧芬克那樣與眾不同。我只看到一群學生。

「那裡。」費歐娜說。「就在**那邊**。」但當然一點都幫不上忙。

「等等，**哪一個**？」

「他穿藍色上衣。」狄亞哥說明，似乎這樣說有助辨認。

「他正在撥開眼前的劉海。」由美補充。

噢。「**那就是波力‧芬克？**」所有人都點頭。

我不知道自己在期待什麼。也不是說我以為他會全身長滿綠色鱗片，還是長了三頭六臂或十四隻眼睛什麼的。但是無論我期待的是什麼，都不是這個平凡無奇、頭髮蓬亂、跟其他人一樣把長袖運動衫綁在腰上的同學。

「嗯……」我說。

他彷彿感覺到我們在看他，因為他抬眼直直望向我們站的這扇窗邊。嘉比尖叫一聲尋找掩蔽。

費歐娜嘆著：「真是要命，他看到我們了！」

其他人全都退後一步。如果你問我，我會說這樣的反應真是太奇怪了，這群人為了紀念他可是幫他弄了個貨真價實的雕像來膜拜。

在我們身後的瑪格出聲指揮，「跟他揮手。」
我們揮手。

訪問：嘉比

　　我是在《超級巨星》網路粉絲討論區看到這則故事。一個女生寫說她從北卡羅萊納州出發，輾轉來到佛羅里達州想要見到爵黛麗熙本人。那時候第二季剛播完，爵黛麗熙到世界各地巡迴表演。

　　她站在爵黛麗熙的化妝室外面等了大概兩小時，手裡拿著一本爵黛麗熙新出的書：《我行我素：爵黛麗熙的摘星之路》。爵黛麗熙終於踏出化妝室時，那女生只覺得困惑。確實是爵黛麗熙——同樣的貓眼妝、銀色高跟鞋，如假包換。但同時她也覺得，眼前的人似乎不可能是爵黛麗熙。她的眼妝花了，臉頰有一點坑坑巴巴，好像之前長過很多粉刺。不過最重要的，那女生在粉絲討論區寫道，那個人看起來就像個**平凡小人物**，一點都不像爵黛麗熙。

　　而爵黛麗熙應該是非常引人注目的大人物，對吧？

　　這就是我看到波力時的感覺。很詭異，因為我想他現在個子更高了，或許也變瘦了，就好像有人把我們認識的那個波力拉長了。他的臉孔看起來也不太一樣。他的下巴線條似乎變得更明顯、更方正。

　　但最詭異的是：雖然他看起來長高了，但他同時也變得比以前小很多。

　　在我們心目中，他已經是了不起的大人物。但他又出現在

我們眼前，只是一個再普通不過的同學，穿著藍色足球衣，看起來長高了幾英寸。就像一個平凡普通的學生。

訪問：費歐娜

我想揍他的臉一拳。離開人文課教室朝球場走去時，我就只有這個念頭。我反覆想了又想。**我氣壞了，想狠狠揍他。**

叛徒。

鼠輩。

牆頭草兩邊倒，幫完美國又幫英國的班奈狄克・阿諾。

我想揍的不只是波力，是他們全部。揍扁所有達富薩的笨蛋。該死，我想痛揍達富薩學校的臉，是滿怪的，因為學校甚至沒有長臉。但願達富薩學校能長一張臉，這樣我就可以揍它了。

走去球場途中，沒人說話。全班不發一語。我們靜靜走向後場，看到場外等候的群眾：老師、家長、其他年級學生還有所有小朋友。一看到我們，所有人就開始歡呼，不知怎麼的讓人感覺更糟了。

我緊握兩手成拳，咬緊牙根咬到下巴發疼。

達富薩校隊在暖身，全隊一邊練習慢動作高抬膝蹦跳，口裡還回應著教練呼的口號。他們的教練大喊：「誰會贏？」

他們全隊一起大吼回應：「我們會贏！」

而波力就在他們正中間，邊抬膝跳邊跟其他人一起大喊：「我們會贏！」

他說的「**我們**」，在我們口中是「**他們**」。

感覺就像他們不只是在說達富薩這場比賽會贏，而是達富

薩**永遠**都會贏。就好像我們人生中所有重要的人事物，他們都會來想辦法奪走。就好像他們有了三輩子也花不完的錢還不夠，還非得搶走**我們**之中的一個人。

這就是雙重打擊。

他們還有一間不會倒閉的學校。三重打擊。

更別說他們有隊服，住豪宅又不用自己打掃，有高山滑雪勝地，有搖滾明星，有游泳池，還有跟我們比賽場場獲勝的不敗紀錄。

跟妳說啊，有時候受到太多打擊，數也數不清。

比賽開始

　　我們走向球場，整路都很靜默，靜默到很詭異。說實話，讓人很不安。我看到老媽在場外，她還穿著手術服和護理師鞋，披著跟毛毯一樣大件的羊毛衣。她在跟嘉比的外婆、瑪格和某位我不認識的太太說話。我認得出提摩西和湯瑪斯的爸爸也在人群中；他和雙胞胎一樣有一張寬臉。葛博思也在，在分發甜甜圈給家長們。低年級學生全都在，有些人舉著牌子。毛毛的牌子上沒有寫字，只畫了很多綠色火柴人。

　　我揮揮手，她也揮揮手回應。

　　達富薩的學生和家長在球場的另　邊。那些家長，他們看起來不太一樣。比較光鮮亮麗，好像是用完全不同的材質製作的。我看到一個年紀比較大的男人身穿皮夾克、頭戴費多拉軟呢帽——也許是那個搖滾明星。但沒空確認了，因為法拉畢老師幾乎是立刻就要我們圍成一圈。

　　他提醒我們記得各自的位置。我、費歐娜和狄亞哥在前場。亨利是守門員，其他人都在我們之間。這時候，達富薩校隊也自成一圈，一個緊密的藍圓圈。他們將頭全都湊到一起，我看不到他們的臉。我再怎麼拚命，也沒辦法告訴你哪一個是波力・芬克。

　　「我要你們持續給對方壓力。」法拉畢老師告訴我們。「不要怕傳球。但是你如果拿到球權，前面又沒人，就卯起來帶球狂衝。」

這算得上是全世界最淺顯易懂的建議，但是我們全都點頭，因為我們也只有這一招可用。精神喊話結束，我們分別走到各自的位置。

達富薩幾乎是立刻就搶到球權——某個瘦高個兒搶下球，傳給一個渾身肌肉的精實小個子，小個子立刻又將球傳回給瘦高個。前幾記傳球動作很慢，輕鬆隨意。米契爾的球員們愈來愈分散。接著青天霹靂——情勢丕變。瘦高個再次接到球，帶球快步向前一小段，然後飛快將球一撥傳給在他後面的一個女生，我們還沒反應過來，那女生已經以驚人的速度帶球直奔我們的球門。

「搞什麼——」我聽到狄亞哥說。然後所有人都開始追趕那女生，但為時已晚。她在數秒內就抵達我們的球門，把球傳到靠近球門前方的空曠處。就在此時，小個子肌肉男神出鬼沒的奔向球門方向，跟球同時抵達空曠處。

他踢出一腳。射門。

怎麼可能，我心想。比賽才剛開始，現在就得分也太快了吧。

亨利撲過去攔球，但差了一點點。球呼咻一聲射入網中。我聽到場外的老媽大喊：「沒關係，米契爾，很快就能追回來！」

但是我們沒能追回比數。事實上，從那時開始就每下愈況。

訪問：由美、狄亞哥、提摩西、湯瑪斯、費歐娜和小柳

由美：

　　非常慘烈。 上半場根本兵敗如山倒，實在太丟臉了。不管我們怎麼做，達富薩就是一直得分。

狄亞哥：

　　每次他們有人接到球，我心裡就想：**那球是我的。** 我想像自己把球搶回來，帶球一路直衝達富薩的球門。然後我記起是誰在球門等著我：波力・跳槽芬克。每次想到，我都覺得被人狠狠重擊。等我再次集中精神，穿藍衣的球員已經越過我，旁若無人的朝著我們的球門移動。

提摩西：

　　同樣的狀況就這樣一再發生。我們也發威了幾次——狄亞哥和費歐娜有幾次想辦法射門得分。其實狄亞哥在開場十分鐘後就射門得分，追平比數。但是達富薩幾乎是立刻又射門得分，將比數拉回二比一領先。在那之後，波力幾乎擋下我們的每一球。

湯瑪斯：

　　但整件事就是這一點最讓人挫敗：波力很擅長守門。

費歐娜：

那小子偏轉身體，攔球，甚至整個人撲在球上。波力‧芬克！我想說，搞什麼鬼？

小柳：

其實波力第三次守住球門之後，法拉畢老師就在問這個問題。他高舉雙手仰天長嘯：「他到底為何在我們隊的時候不這麼做？」

費歐娜：

我要說啊，整件事讓我覺得自己就像白痴。就好像波力在我們學校那段時間就是一個大大的惡作劇。我們原本以為自己在等著看笑話。沒想到，我們自己就是最大的笑話。我真是愈想愈氣。等達富薩在中場哨音響起前第三次射門得分，我已經氣到想動粗了。

鯊魚來襲

「米契爾隊，表現很棒。」法拉畢老師在我們中場休息下場時喊著。他還鼓掌，像是不知道我們剛剛被人壓著打。「你們剛剛在場上看起來真的很棒。」

「我們被人痛宰。」狄亞哥喃喃道。「也許您剛剛沒注意到。」

我以為費歐娜會開始對所有人大吼大叫，但是我看了看四周，發現她根本不在附近。她快步朝著球場另一頭走去，經過球門又向前走。

她移動的樣子毅然決然，帶著幾乎惡狠狠的神氣，讓我想到身軀嬌小的噬血鯊魚。

「喂，費歐娜。」法拉畢老師喊著。「妳去哪──？」

那句問話出口時，費歐娜已經走到波力的雕像跟前。她向後抬起一腿，大力一踢。其中一張紙條飄落到地上。

她再次抬起一腳。

不要，費歐娜。在他們面前別這樣，不能讓達富薩知道妳被他們惹怒了。我朝她跑去，嘉比和亨利跟在後面。

「混蛋。」費歐娜在我們跑到時喃喃咒罵。**踢。**

「你們這些蠢笨……」**踢。**

「有錢……」**踢。**

「大少爺……」**踢。**

「全是混蛋。」**踢。踢。踢。**

壓在籃球框底座上穩住雕像整體的石塊滾落在地。當成臉的足壘球歪掉，整座雕像朝著一邊傾斜，搖搖欲墜。

「呃，費歐娜？」亨利試著讓自己的語氣很輕鬆，像是在開小玩笑。「妳也知道比賽才中場，現在就踢斷腳也太早。」

嘉比緊張的乾笑幾聲。「對吧？我是說，還有整個下半場。」

費歐娜停下不再踢了。她深吸一口氣，很小聲的說：「他連看都不看我們一眼。你們注意到了嗎，我們跟他都在球場上，他卻連個**招呼**都不打？」

嘉比點頭。「我注意到了。」

「他覺得我們害他難為情。」費歐娜說。「他跟有錢的新朋友在一起，我們對他來說誰都不是。就好像他覺得我們**什麼都不是**。」

我可以告訴費歐娜說也許不是這樣。也許，他只是不知所措，他很害怕，所以什麼都不敢說。但波力在想什麼，我一無所知。

「而且，」她繼續說：「他憑什麼可以當天才？為什麼**他**是天才，而**我**只是個一天到晚闖禍的女孩子？」

費歐娜朝雕像狠狠踢出最後一腳。「**我鄙視你這下流胚子！**」她大喊。

雕像愈來愈傾斜，它快倒了。一個念頭在我腦海中閃過：**最好有人來把這東西撐住，不然它會倒下來砸中羊欄。**

念頭在腦海中成形的同時，事情也發生了。

波力雕像倒地時，撞倒了一部分的羊欄圍柵。當成臉的足

壘球滾下來，啪一聲落在羊欄正中央。山羊群嚇得紛紛向後跳。

片刻間，一切靜定不動。

接著一頭小山羊好奇的向前踏出幾步。牠用鼻吻輕推一下洩氣的足壘球，然後張口銜住。小山羊搖著尾巴，像隻歡快的小狗。

這是天下大亂之前最後的平靜時刻。

大亂

如果有人在幾個月前問我，升上七年級我期望學到什麼，抓住逃跑的山羊絕不可能列入清單上前五項。甚至不可能擠入前五千項。

但我接下來學到的，就是這件事。

山羊群一發現圍柵倒了，立刻跑了出來。牠們跳出羊欄跑到球場上，場外的學生、家長和退休搖滾明星四處奔逃。

葛博思迅速採取行動。她指著法拉畢老師，大喊要他立刻修好羊欄，動作要快。接著她開始指揮所有人。「馬上回教室！」她大喊。「排成一排！請守秩序！年紀小的走前面！」

然後她猛然轉身對我們說：「創校元老，你們留在這裡。」

達富薩球員開始朝校舍跑去，搶在低年級學生前面。他們的家長跟在後面，像保鏢般伸長手臂護著孩子。

只有一個穿藍衣的球員在原地盤桓：是波力。他一直看著我們，直到他的教練吆喝著叫他跟上。然後波力也跟著朝校舍的方向跑去。

葛博思跑來找我們，上氣不接下氣。「創校元老們，我需要你們幫忙抓住山羊，行嗎？牠們認識你們，會信任你們。」

但這時候，學校裡已經山羊滿地跑了。操場上有一頭小山羊蹦跳著想爬上溜滑梯；牠爬上去一小段，滑了下來，又試著向上爬。另一頭小山羊賴在玩沙池不走。兩隻山羊在足球場上跑跳嬉鬧，形影不離，各咬著**米契爾加油**標語牌的一部分。還

有一隻山羊踩著小跳步朝雕像群前進，嘴裡銜著一片螢光綠布料。

　　這下好運到頭了。

　　「妳要**我們**去追山羊？」嘉比問。「現在？當著**達富薩球隊**的面？」

　　葛博思微笑。「就算他們努力想幫忙，你們覺得他們抓得住山羊嗎？來吧，一起證明有些事他們不會但你們會。」

訪問：小柳、山姆和莉迪雅

小柳：

　　我人生中最丟臉的經驗，就發生在後來那半小時。

山姆：

　　是我們的人生。

莉迪雅：

　　一開始大家跑來跑去想抓山羊，但是運氣都不好。我抓住一直想爬上溜滑梯那隻，但是大多數山羊一看我們靠近就跑開。所以，法拉畢老師修好羊欄之後就叫我們集合，他說：「元老們，我們要分工合作。」

小柳：

　　我們得這麼做：一次鎖定一隻羊，全班在這隻羊周圍圍成一個大圈，然後慢慢推進。最後，等圈子收攏，山羊再也跑不掉，法拉畢老師就甩出繩圈套出牠的脖子，再牽著牠回羊欄。接著又從頭開始，再去抓下一隻羊。

莉迪雅：

　　我們在玩沙池旁抓住一隻小山羊，然後是撕爛波力的 T 恤那隻，再來是跑到森林邊緣大嚼我們的加油標語牌那隻。還有跑去垃圾堆東翻西找，在大家的健身袋翻找嗅聞，跟吃掉波力雕像上紙條那幾隻，全都被我們抓住了。連亨利當成祭品獻出

的百科全書，都被咬得稀巴爛。

山姆：

　　從開始到結束，新聞媒體的攝影機都在場，全都拍了下來。

小柳：

　　不知道過了多久，學校裡滿目瘡痍，只剩一隻山羊還沒被抓住：那隻大醜八怪──我們拚了命還是抓不到牠。牠撞進亨利蓋的碉堡，把樹枝撞得到處都是。還跑進其中一座球門被網子絆住，把球門一路拖過球場。直到後來牠自己把頭卡進水桶裡，我們才終於抓住牠。

莉迪雅：

　　這時候，我們全都累癱了。我記得狄亞哥環顧四周然後說：「這裡就像剛打完仗。」

小柳：

　　然後嘉比說：「我想山羊打了勝仗。」

山姆：

　　於是我們哈哈大笑。

最終挑戰

達富薩球員回到球場時，我們還在大笑。是那種無法自已的笑，笑到發不出聲音，只能抱著肚子渾身抖顫。

達富薩球員的球服沒有一絲皺褶，他們的白色短褲也還一塵不染。

我想像他們眼中會是什麼樣的場景——我們滿身泥濘倒在一片混亂中抖個不停——想到就害我笑得更厲害了。

「全新實境秀。」由美笑到幾乎講不出整句話。「下一場了不起的山羊大逃亡。」

「又一次山羊群大進擊。」費歐娜笑得前仰後合。

當下我立刻想到，要怎麼在比賽中扭轉劣勢。

◎

兩分鐘後，所有人各就各位——家長們分站場外兩邊，衣著乾淨齊整的達富薩隊圍成一圈，小朋友排排站準備鼓掌，葛博思在邊線旁來回走動，為了賽事遭到打斷向大家一一道歉。法拉畢老師在羊欄旁，確認圍柵夠堅固，足以防範山羊群下半場又出來攪局，表示沒有教練陪在我們身旁。所以我號召大家圍成一圈。

「就是這樣。」我告訴其他同學。「現在就是你們的最終挑戰。」他們盯著我看，不懂我在說什麼。

我瞥了達富薩隊一眼，圍成一圈的他們彷彿發光的藍寶

石。「『誰是下一個了不起的波力・芬克』大賽正式重啟。」我
說。「最終挑戰現在開始。」

「**現在**？」費歐娜問。

「就是現在。」

「就在我們比賽的時候？」狄亞哥說。「別鬧了。」

「而且我們幾個都被淘汰了，」山姆說：「只剩下費歐娜跟
狄亞哥。」

我看了一下嘉比。「有時候會這樣，對吧？參賽者敗部復
活，在決賽時回來幫忙？」

她點頭。「沒錯。」但是創校元老們只是懷疑的看著我。

「是你們讓我作主。」我告訴他們。「事實上，是你們**拜託**
我來作主。所以我現在告訴你們：我**正在**幫米契爾找　個新的
波力・芬克，一個不是叛徒的新波力，一個完全屬於我們的新
波力。而要找出這個人，就看大家下半場的表現。」

不遠處，穿藍衣的球員高喊：「達富薩！」然後慢跑上
場。

「你們還不懂嗎？」我說。「那些達富薩球員認為他們知
道劇情會怎麼上演：他們以為自己會贏，就跟去年還有前年一
樣。他們也以為我們會照著劇情走，扮演輸家的角色。但要是
我們拒絕扮演輸家呢？」

忽然間，情勢變得急迫，彷彿眼前的不再只是一場足球
賽。「要是我們決定讓比賽改頭換面呢？」

「所以我們……不踢足球？」由美問。

「我們踢足球。」我說。「只是用我們的方式，照**我們的規**

矩。」

裁判吹響哨音。該上場了。

「所以妳要我們做什麼，凱琳？」不愧是狄亞哥。

「好，」我說：「你們記得小朋友大進擊嗎？玩團體鬼抓人的時候，你們都覺得波力輸定了，他卻出奇制勝。你們的挑戰就是……出其不意，要在下半場運用奇襲。」

法拉畢老師搞定羊欄，正小跑步過來找我們。「元老們，**快上場。**」

「就——製造**混亂**。」我告訴他們。「基本上這是你們最擅長的！就像你們的一部分——你們的『阿瑞忒』或什麼的。至於這些達富薩的傢伙……」我深吸一口氣。

「凱琳。」法拉畢老師催我。「上場！快！」

我一口氣把話講完。「我知道他們什麼都比較會。但是什麼都比較**會**，不表示他們真的什麼都比較**強**。我是要說，也許他們根本只是……」我緊閉雙眼。我想跟大家說，表面上看到的未必是真的，看起來很強大牢固的，其實真相可能剛好相反。就好像內心的石頭，或是光鮮的隊服，或是滿滿的規則清單。

「他們根本只是……」我重複。

是提摩西幫忙接話：「霉爛堅果！」他一說出口，我就知道他說得對極了。

「霉爛堅果！」他的兄弟大喊，然後上場就位。

接著所有人都快速跑向自己的位子，同時齊聲吶喊：「**霉—爛堅果！霉—爛堅果！**」

　　但怎麼沒看到費歐娜？我環顧四周。不知為何，她在自己的健身袋裡翻找著。「快過來！」我對她大喊。

　　她衝上場還來不及站穩，開場哨音就響起。

訪問：費歐娜

妳知道嗎？每個人都有自己的護身符。護身符讓大家覺得更有自信、更像自己。每次看到莎士比亞，他手上都有一枝羽毛筆。每張雅典娜的圖裡，她都拿著她的盾牌。阿爾特彌斯有弓箭，宙斯有雷電。

我有西裝外套賜給我的力量。

上場之前，我套上外套。當下我立刻覺得渾身充滿力量。下半場開始時，我大喊：「我是費歐娜！」我看到幾個達富薩球員瞄我一眼，然後彼此互看一眼，好像在說：**呃……這女生怎麼回事？**這下只會讓我喊得更大聲了：「我是強大又充滿力量的女人！」

這時候有趣的事發生了。達富薩當時本來已經搶到球，就像上半場一樣。但一聽到我大喊自己是強大又充滿力量的女人，搶到球的球員就分心了。就那麼一秒。或許只有十億分之一秒。但是狄亞哥只需要那十億分之一秒。他一記掃腿把球截走，然後向前全速衝刺。

我朝球場另一端跑去，跟狄亞哥並排。他看起來充滿自信。神話裡的眾神不是常常偽裝易容以後下凡，賜給凡人可以短暫運用的神力嗎？那一刻的狄亞哥，就好像忽然獲得了宙斯還是誰賜予的神力。

「阿爾特彌斯，狩獵女神！」我高喊，心想也許她能賜給**我**一些神力。我轉念一想，為何只喊想像出來的女神？為什麼

不找真正強大又有力量的女性幫忙？

　　於是當達富薩再次搶回球，我邊跑向他們邊尖喊：「梅・傑米森！」她是傑出的太空人，非常有名，我是在亨利送我的一本介紹歷史上偉大女性的書裡讀到她的事蹟。

　　很有用！我搶到球，努力傳給狄亞哥。就在這時候，我開始拚命回想其他名字──那些不是「乖乖牌」、因為不守規矩才能創造歷史的女人。「奈莉・布萊！」我大喊，想到這位搭乘熱氣球前往世界各地的記者。「木村駒子！雪莉・奇瑟姆！芙烈達・卡蘿！」推動婦女投票權的社運人士。第一位競選美國總統的女性。透過繪畫展現內在生命的藝術家。

　　「搗蛋鬼」，嘉比或許會這樣形容。

　　大喊她們名字的感覺真棒。還有更棒的事：我每次大喊都嚇得達富薩球員緊張兮兮。

　　我這才意會到，凱琳：被妳說中了。出其不意這一招真的有用。

怪招百出

　　超瘋狂的。費歐娜竟然這麼快就成功擾亂他們。而且不只費歐娜。像是小個子肌肉男卯足勁帶球來到球場中央朝我們的球門進攻時，嘉比大喝：「假裝久了就會成真！」然後朝他直衝過去，似乎完全不怕對撞。這一下對方真的是猝不及防。

　　嘉比猛的搶走球，傳給由美。由美⋯⋯老天，她跳起來朝球撲去。我說的「**跳起來**」，是像芭蕾舞者那樣飛躍過舞台的跳法。飛越空中的同時，她還高聲歌唱——類似**唱歌劇和垂死郊狼呻吟**的混音。由美將球橫傳給費歐娜，費歐娜大喊：「啊啊啊，發現輻射那位夫人！」

　　接著有人回應：場外的葛博思也對費歐娜大喊：「瑪麗・居禮！」

　　費歐娜轉頭去看，有一點困惑。

　　「她也是第一位兩次獲得諾貝爾獎的人！」葛博思補充。

　　費歐娜大為驚嚇——葛博思在幫她！但她一下就反應過來，飛快豎起大拇指比了個讚，複誦一次名字，然後把球傳給我。我飛起一腳射門。波力接住球，射門失敗。但我已經感覺到場上氣勢在改變。

　　我想大家都感覺到了。波力朝球場中央踢出一個懸空球，山姆大喊：「學費歐娜！」所有穿綠衣的球員都開始上下蹦跳，包括我在內。

　　我幾乎沒注意到旁邊有攝影機在拍攝。

訪問：狄亞哥

　　場上的氣勢變了。一開始我以為是因為我們總算搞得達富薩暈頭轉向，他們被擾亂到無法集中精神了。我想他們看到那些怪動作，幾分鐘後就會見怪不怪，然後一切就又回到原點。

　　只不過，他們沒能適應。他們開始**心煩意亂**。他們愈煩躁，我們表現就愈好。我沒辦法解釋。但是我們動作更快，跟得更緊，出手更精準，就好像我們是一**體**的。

　　幾乎就像法拉畢老師形容的：我們是發展到極致的生態系統。

　　讓我想到我們先前經歷的每項挑戰：莎士比亞、飼料大戰、小朋友、香蕉皮之亂。困在櫥櫃裡，意識到我們的人生即將改變。

　　每一次挑戰，真正的波力都不在場。然而過去的一點一滴，卻跟他那套荒謬可笑蠢到爆的公雞裝一樣令人難忘。

　　這次是最終挑戰，我們要氣死達富薩，如果這真的是極致的生態系統，我就要跟他們拚了。

　　所以我決定下次球再傳到我這裡來，就要釋放住在內心小宇宙的那隻雞。我只是邊跑向球邊尖聲喊著：「嘎—嘎—嘎——嘎！」

　　說真的，根本不是雞叫聲。我想比較像烏鴉叫。但誰管我學雞叫學得正不正確啊？管他的。

　　我唯一關心的，是我們大家在一起。

學凱琳

　　下半場基本上可說呈現這樣的情況：狄亞哥發出瘋鳥叫聲，由美在場上來回飛躍，嘉比不停引用爵黛麗熙，費歐娜大喊我幾乎從沒聽過的人名，偶爾轉頭向葛博思求救，我們其他人在周圍手舞足蹈，學費歐娜、學由美或學狄亞哥。

　　雙胞胎甚至重啟他們的殭屍大戰狼人遊戲，對彼此高喊**忍者！狂犬病浣熊！**之類的，然後擺出怪模怪樣在場內跑來跑去。

　　場外有幾名家長開始玩起波浪舞。老媽加入行列，瑪格也加入了。我注意到她們一起放聲大笑，好像已經結為好姊妹。

　　下半場開始十分鐘，我將球傳給狄亞哥。他接到球，朝球門奔去，蛇行閃過達富薩幾個金髮小子的圍堵。

　　他起腳射門，砰。球直衝球門左上角破網。

　　比數來到三比二。時間不多了。

　　狄亞哥轉身指著我。「學凱琳！」

　　所有人看著我，因為我一直沒有自己的招牌舞蹈。

　　我連想都沒想，就開始誇張的搖動食指，像在罵人或是發號施令。

　　我聽到嘉比在我身後歡呼：「這是史上最棒的實境秀！」

飛翔

　　達富薩一名球員朝他們的教練大喊：「叫他們別鬧！」

　　但是穿藍衣的教練只能兩手一攤，無計可施。沒有規則禁止球員比賽中唱歌，或是禁止邊跑邊跳舞，或是禁止大喊歷史上有名女性的名字，或是禁止笑到肚子發痛。也許有一些**慣例**，但是和**規則**不一樣。

　　球在場上飛來飛去，直到一名達富薩球員突破重圍衝向球門。射門動作乾淨俐落。

　　亨利跳起來，將球接個正著。沒進。還是三比二。

　　法拉畢老師在場外大喊：「剩一分鐘，米契爾隊！比賽剩下最後一分鐘。」

　　亨利將球傳回中場。我看著球愈來愈近──山姆傳給由美，由美再傳給費歐娜。

　　波力嚴陣以待：微微蹲低，兩眼緊盯費歐娜。在他身後的波力雕像已經不成形狀，只剩歪倒的樹枝和被咬爛的T恤。

　　我不知道波力‧芬克是什麼人，無論是他或任何人真正的樣貌，我永遠都無從得知。有太多、太多我不知道的事。

　　但是我確實知道一些事。

　　我知道柏拉圖，和他的洞穴寓言。我知道每個人都有自己的洞穴，而全世界最可怕的事，就是從洞穴裡出來走到陽光下。我知道奧林帕斯山的眾神故事，知道人習慣編故事來解釋自己所處的世界。我知道如何主導一場大賽，還有如何在周圍

所有人都撐不下去時讓大賽繼續進行。我知道好玩和惡劣之間的差異，也知道如何逗一個害羞的小朋友微笑。

費歐娜輕輕一踢將球傳來。這時候，我的雙腿力氣已經耗盡，跑起步感覺像是在泥淖裡拖行。但我的內心像空氣一樣輕盈。

這個女生比以前更勇敢嗎？是的。她更勇敢了。

比賽剩下不到一分鐘，我們還落後一分。這場比賽我們不可能贏，根本一點勝算也沒有。

但我還是拔腿跑了起來。因為瑪格之前上課教我們的，**阿瑞忒**？最好的自我？我現在知道那是什麼感覺了。

感覺像在飛翔。

隊友、觀眾、山羊——周圍一切彷彿全都消失。什麼都不剩，只剩下球和我前方的球門。波力在那裡等我，他已經證明自己知道如何救球。也許他一直都知道。

我起腳射門，力道、高度和角度都無懈可擊。

我看著球飛向波力，看著波力長身飛撲。躍起。救球。

失手。

全場鴉雀無聲。只聽見球呼咻一聲破網，比數拉平。

周圍一切又回來了：草地、歡呼聲、場外老媽的說話聲，交織成一片喧嘩。同學們跑過球場朝我衝過來。

波力看著我，勾起一邊嘴角。「新同學真是身手了得。」他說。

我沒機會回應。費歐娜撲到我身上。「凱琳——！」她大吼，邊用力抱住我。接著狄亞哥也來了，然後是小柳、由美，

還有好多綠Ｔ恤圍著我，我都分不清誰是誰了。彷彿我們成了同一個生命體──偌大的一團，興奮得喘不過氣，同時如釋重負。

　　裁判的終場哨音響起，他們仍抱著我不放。

訪問：費歐娜

最後打成平手，我好興奮，完完全全忘了波力·芬克。我真是作夢也想不到。等到大家終於喘過氣來，不再朝自己的頭上澆水，開始說些「你看到了嗎，我真的不敢相信」之類的，我才轉頭去看波力。

他就在那裡：波力·芬克，獨自一人正換下足球鞋。那一刻，我才又都想起來。

波力現在是達富薩的學生了，他甚至沒跟我們講一聲。

達富薩的球員拉上提袋拉鍊，一個接一個朝他們的教練走去。波力還站在原地。他穿上長袖運動衫，拉上拉鍊。

他要走了。

我拔腿追上。「波力。」我在他身後說。

他轉過身，眨了幾下眼睛。「噢。嗨，費歐娜。」他有點困窘的說。

我望向學校的小朋友，老師正領著他們回教室。

我想說：**給個訊號。**我想要他開口呼喚小朋友，就跟他在小朋友大進擊那時候一樣。我想要說：**他們會過來，他們會記得，只要你呼喚，他們就會過來。**

我真的好想看到——小朋友聽到假裝警鈴響的喊聲，然後全都拉著一直向下滑的緊身褲，邁開小短腿、踩著閃燈鞋朝他跑去。我想知道他們依舊記得他最臭名遠播的「喔—咿—喔—咿—喔——咿！喔—咿—喔—咿—喔——咿！」

但是我什麼都沒說，只是站在那裡，望著他。

他的頭髮變短了，個子變高了，眼神變哀傷了，以前那個永遠在他大腦裡轉個不停的霓虹燈球去哪裡了？

我可以跟他說大賽的事，說所有我們做過的蠢事。我會把所有他沒參與到的事都講給他聽，然後我們會捧腹大笑，那顆霓虹燈球就會永遠閃爍。

但是我甚至不知道要從何開始說起，我還沒想好，他的教練就大喊起來。「芬克先生，我們**走**！」

波力瞟了他的教練一眼，然後又看向我。「我本來想幫忙。」他說。「之前你們都在追山羊的時候，我想出來幫忙，但是我們教練不准。」

我可以想像那個場景。波力跟著我們跑來跑去，嘴裡說笑打趣個沒完，抱住一隻山羊然後把牠帶回羊欄。

「你來的話一定很好玩。」最後我只是這麼說。

在他轉身之前，他咧嘴一笑。我看到了：一閃而過，但真實無誤。是從前那顆霓虹燈球。

我看著他的背影愈變愈小。一分鐘後，我聽到達富薩校車發動駛離，他們走了，也帶走了波力・芬克。

我們上電視了

當天的十點鐘夜間新聞播放了講我們學校的新聞片段，我跟老媽一起收看。

今天下午的米契爾學校很有活力，主播說。**首先，這間近日由於財務問題面臨廢校危機的學校，在今日發生了一些……不尋常的事。**

接著螢幕上出現跑來跑去的山羊，我們追在牠們後面跑。一隻山羊嘴裡銜著當成頭的足壘球，那頭大山羊拖著球門網橫衝直撞。全都被拍下來了，彷彿由美說的「下一場了不起的山羊大逃亡」真的……呃……實地上演。接著切換到我們在球場上的畫面，穿著不搭調上衣的全班同學一起學我跳搖食指舞。

我盯著螢幕。「哇哦……噢不，我們看起來好可笑。」

「你們看起來玩得很開心，」老媽告訴我：「那就是你們給人的感覺。」

球賽實況片段只是個引子，接著才帶出這則新聞的重點：廢校危機。新聞最後以我和毛毛一起走過球場的畫面作結：我們倆走出碉堡，一起牽著中間的真兔兔。**全校師生和家長仍然抱持希望，**旁白說，**但他們現在分秒必爭。**

最奇怪的是：畫面中的一切我都認識，但不知怎麼的就覺得有什麼不太對。要說剪輯的畫面**不對**，也不盡正確，只是它們……並不完整。

新聞畫面裡，看不到新學年第一天我害怕得不敢下車，看

不到我站在教室門口時一手緊抓著口袋裡的蠢規則，也看不到我被那隻壞脾氣大山羊撞飛出去之後拚命忍住不哭。看不到我第一天幾乎不知道怎麼跟毛毛說話，或是在碉堡裡絞盡腦汁想找話講。看不到我跟安娜・史潘同校的場景，或是任何我在以前學校的樣子。看不到之前的事，看不到之後的事，也看不到我的內心世界。

　　畫面中呈現的，只是數千個時刻中的一刻表面上的樣子，而且由其他人選定角度、燈光、取景和觀點。

◎

　　當地WXTE電視台當晚就將該則新聞放在網站上。我記得嘉比說過我們需要讓消息瘋傳，剛開始數小時，我滿懷希望。要上床睡覺前，我看到我們學校的新聞在電視台網站上的點閱率排前三名。到了早上，該則新聞影片的觀看次數已經達到兩百九十，下面也有一些網友留言：

笑死，好玩！

這些學生不該去上數學課或別的課嗎？

我懂好嗎？祝這些小鬼以後別被老闆炒魷魚。

真希望以前能去這樣的學校上學。

＋1

＋1

隔天早上，有更多人來留言：

有史以來看過最可悲！！！

面對現實吧，沒人在乎鄉巴佬。

真希望我兒子也能去這樣的學校。

喔，這種地方不就大家都第一名好棒棒嗎。
等這些小鬼出社會就知道什麼是現實世界。

　　這些留言的人似乎連看都沒有看報導內容，或者他們看了，但內容是什麼不重要。就好像他們很久以前就決定自己要堅信什麼，現在無論看到或聽到什麼，都只是證明他們的想法永遠是對的。
　　無所謂。沒有人像嘉比期待的那樣發起什麼線上募資。
　　接著電視台網站上其他新聞蓋過了米契爾學校的新聞。伯靈頓有一隻搜救犬從火災現場救出小小孩。春田鎮一名婦女回到家，發現有熊在翻她的冰箱。還有國內新聞，某位知名好萊塢女星生下雙胞胎。隔天，一名身陷醜聞的銀行家出庭受審。

再隔天，爵黛麗熙的死對頭雷克斯・洛迪宣布要競選國會議員，於是新聞媒體又一窩蜂從早到晚爭相報導。

　　就這樣，米契爾失去新聞版面。表示葛博思說對了：我們得自己想辦法。

訪問：嘉比

比賽結束之後，我一直在想由美跟我說的：《超級巨星》節目全都是假的。我懂她的意思，但我的重點是爵黛麗熙這個人物，最開始只是一個普通人的夢想。也許她是假裝的……但最後確實成真了。

爵黛麗熙現在成了香水品牌，也是一系列顯眼好認的鞋靴品牌，而世界各地的工廠都在加緊生產貼滿紫色亮片的T恤和外套。終極超級巨星爵黛麗熙現在開始第三次世界巡迴演唱會，倫敦、雪梨和紐約最大型場館的門票全都搶購一空。

這些觀眾都是真的，工廠也是真的。還有套上爵黛麗熙鞋或紫色亮片運動衫的人，也許從爵黛麗熙獲得一點啟發，終於敢走到屬於自己的鎂光燈下，他們也都是真人。

我只是要說：有些事物不一定要是百分之百真實，才能是**真的**。世界上幾乎所有真的東西，最初都只是某個人腦海中乍現的靈光。不用相信實境秀節目，也能明白**這一點**。

我沒寄出的，和我寄出的

比賽結束幾天後，我拿出一張白紙開始寫字。

親愛的安娜

嗨，安娜，還記得我嗎？

真怪，我坐在這裡一直想到妳，安娜

我用筆輕敲牙齒幾下，然後試著重寫。

安娜：

　　妳很可能不想收到我的來信，其實我也不確定自己為什麼要寫信。

　　信不信由妳，我的新學校裡竟然有一群山羊，我們還得照顧牠們。牠們其實滿可愛的──有點像小狗。至少小山羊很可愛。我們也得幫忙照顧年紀小的孩子。還不賴。不過，我不知道我會在這間學校待多久，我在想接下來會轉去哪裡。

　　如果妳收到這封信，請幫我跟學校裡的大家打個招呼。或者不要。不打招呼也沒關係。我想我只是想說，希望妳今年一切順利。

凱琳

　　我將信紙對摺，握在手中好一會兒。然後拉開書桌抽屜，將信紙塞到抽屜裡。信裡寫的甚至不是我想說的，都不是我真正想說的。儘管如此，我還是沒有勇氣寄出這封信。我現在還不敢。也許永遠都不敢。

　　但是我想到另一封我可以寄的信了。

　　不是寄給安娜，是寄給另一個人。

邀請函

「誰是下一個了不起的波力・芬克」

大結局

米契爾學校

十一月十日週五

下午四點

懇請盡速回覆葛博思女士

大結局

　　在人文課教室的窗邊，我跟費歐娜看著車子駛入車道。

　　「他來了。」費歐娜悄聲說。她拉了拉身上的長罩衫——其實只是有條紋的床單，她把它裹在身上扮成古希臘人——然後將皺褶撫平。我垂眼瞄了一下自己身上的長罩衫：白底上點綴著黃色小花。

　　後座車門打開，他現身了：了不起的波力·芬克本尊。最有創意的非創校元老。全校的傳奇人物。

　　他看起來，跟兩週前我們望著身穿藍色球服的他走在小徑上時沒什麼兩樣，只不過今天他穿牛仔褲跟長袖運動衫。

　　「去吧！」我告訴費歐娜。「通知大家各就各位！」費歐娜衝出教室，直奔球場。

　　我走下樓梯，到了沉重的大門前——數個月前我才從另一側推開過，當時我根本不知道門後等著我的會是什麼。

　　波力就站在門口，兩手插在牛仔褲口袋。「呃，嗨？」他說。他嚥了口口水，和我四目相望，然後又別開視線。

　　他很緊張。超怪的。

　　記得費歐娜邊踢波力的雕像邊吼著：**他覺得我們害他難為情**。我才意會到其實不是，他當下只是不知所措。我在想是不是大多數的人都常常有同樣的感覺。

　　我深吸一口氣。我做了爵黛麗熙會做的——也是波力可能會做的，要是他還是米契爾的學生，而且剛好站在我現在站的

位置。我張開雙臂，鄭重其事。

「歡迎——」我換上致詞專用語氣，在來到米契爾之前我根本不知道自己會用這種語氣說話，「來到『誰是下一個了不起的波力・芬克』大結局現場。」

他微微笑了一下，有點困惑，好像在表達不知道發生什麼事，但他會配合。

◎

整件事是我的主意。新聞播出數天之後我想到的，那時鎮議會也正好敲定兩個月後要表決學校經費的事，他們決定在一月十日投票。

一開始想到時我沒說出來，但到了隔天，我真的覺得是很棒的主意，於是跑去敲校長室的門。站在校長辦公室裡，我意識到要說明我的計畫，就非得解釋整場大賽的來龍去脈不可。我告訴她我們之前為什麼做那些事然後闖了那麼多禍，聲音有點發抖。她看著我，面無表情。等我講到接下來想做什麼，她的反應出乎我的意料。

「沒問題。」她說。

「沒問題？」

她點頭。「天曉得，我們真的很需要好運。」

我想要辦得特別一點，就決定親自手寫邀請函。在葛博思寄出給波力的邀請函之前，所有人都在上面簽名——包括全校師生跟葛博思。我也簽名了。

在所有簽名底下，費歐娜用雞爪抓痕般的筆跡留下兩句

話：你最好過來，波力・芬克。你最好過來。

　　現在他來了。

　　「所以……到底是怎麼回事？」他問。

　　我沒回答，而是遞給他一條我們自己編成類似長項鍊的藤蔓串。「儀式開始之前，能不能請你先將這串掛在脖子上？」

　　他迷惑的看了我一眼，好像在思考要問得多深入。但他接著聳了聳肩，將藤蔓串掛在脖子上，等待下一步指示。

　　「現在，」我說：「跟我走。」

訪問：亨利

亨利：

　　凱琳，妳知道我剛剛讀到什麼嗎？

凱琳：

　　什麼？

亨利：

　　那些希臘眾神的故事啊，全都是東拼西湊起來的，像拼布一樣。在古希臘時代，其實沒有關於任何一個神的單一故事來源，也沒有任何類似的源頭。

　　現今書架上那些神話故事集又是怎麼來的？是將數百年來很多不同地方出現的零碎片段資料匯集而成的。

凱琳：

　　哇。你會想說其中遺漏了哪些資料，對吧？

亨利：

　　正是如此。幾乎所有大家知道的都將消失。希臘人是這樣，我們每個人也一樣。

　　當一切消失，也許你會希望你曾把知道的全都寫下來。

　　舉行儀式時，看著妳跟波力朝我們走來，我就在想這件事。我注意到他脖子上的藤蔓串，和他瞇眼看向我們、搔搔太陽穴的樣子。外頭很冷，我對著指尖呵氣想取暖，就在儀式舉

行當下，我感覺得到那一刻正在流逝。

　　於是一個念頭開始在我腦海中成形，我想到人文課報告可以做什麼題目，而且我們全都參與其中。

倒數計時

　　和波力本尊一起走向波力雕像從前所在位置途中，我向他簡單交代來龍去脈。

　　「一場大賽。」波力重複。他瞇起眼，望向遠處如雕像一般站定的創校元老。

　　「沒錯。」

　　「誰是下一個……」

　　「波力・芬克。沒錯。」

　　「是因為……」他轉頭看著我，搔了搔太陽穴。「究竟是為什麼？」

　　「因為你是超級巨星，如假包換的傳奇人物，知道嗎？」

　　沒有誇張搞笑的盛大回歸。沒有任何玩笑或惡作劇。到目前為止最令人驚訝的，就是波力・芬克這個人一點都不令人驚訝。

　　全班同學都在身上裹著床單，站在羊欄旁等候我們。他們站成整齊的兩列。站在他們旁邊的，還有葛博思、法拉畢老師和瑪格。大家都很安靜，一動也不動。

　　當然，那群山羊除外。山羊群還是老樣子：在羊欄裡橫衝直撞，對著每個靠近的人大聲咩叫。**到底要不要餵我們吃東西？**牠們彷彿這麼說。

　　「了不起的波力・芬克本尊大駕光臨！」我宣布。「讓我們開始最後的淘汰儀式。也讓我們一同歡慶下一個了不起的波

力‧芬克結果出爐。」

　　葛博思和老師們看起來都像在拚命憋笑，但同學們凝望前方，一臉嚴肅正經。

　　「費歐娜和狄亞哥，可否請兩位向前一步？」我發號施令。他們互望一眼，嚴肅的點點頭，一起向前跨出一步。

　　「就我長時間以來對兩位的認識，坦白說只有兩個月，你們是勢均力敵、旗鼓相當的對手。在尋找下一個了不起的波力‧芬克大賽過程中，兩位……英勇奮戰，帶著榮耀拚搏到底。我要坦誠宣告：兩位都贏得了不朽名聲，你們當之無愧。」

　　我深吸一口氣。「這個決定絕不容易。」我說。「但是大賽結果揭曉的時候終於來到。」

最後訪問：狄亞哥和費歐娜

凱琳：

　　好了，你們兩個。這是最後一次訪問，告訴我舉行最後淘汰儀式的時候，你們在想什麼。

狄亞哥：

　　妳知道我在想什麼嗎？我在想一切都這麼偶然。你剛好就出生在這裡，剛好就跟同一批人念同一間學校，也不管你們之間有沒有什麼共通點。一切都是運氣，然而你從小到大就和同樣一小撮人擁有共同的回憶……

費歐娜：

　　噢，拜──託！你根本滿腦子都是你想要贏。跟我一樣。

狄亞哥：

　　嗯，我當然想著**要贏**，但我也在想其他的事。難道妳不是嗎？

費歐娜：

　　好吧。我想我同時也在想說，我想念波力。那時他就跟以前一樣跟我們站在一塊，但是一切都不同了。妳知道嗎？我真希望他沒有轉走。

狄亞哥：

　　對啊，那個。我也非常希望。

費歐娜：

　　我知道不管我們誰贏，我還是會一直想念真正的波力。我討厭這樣。其實永遠不會有一個新的波力，不可能真的有，我討厭這樣。我們永遠都回不去了。

狄亞哥：

　　跟我想說的差不多。以後的人生中，我們會遇見其他人。我們會講自己的故事給他們聽，但是沒有一個人能真正聽懂。究竟發生過什麼事，只有當時在場的人才知道。

　　〔十二秒的靜默〕

費歐娜：

　　真該死，狄亞哥。為什麼你非得害我很感傷？

狄亞哥：

　　抱歉啊。我自己也覺得很有感觸。

　　〔停頓〕

　　總之，真希望還能說些什麼，不過我其實也想不到還有什麼話好說。

費歐娜：

　　我也想不到。我知道，令人驚嚇，對吧？無論如何，凱琳，我想妳可以把錄音按掉了。不過……謝謝妳做的這一切。整件事還滿酷的。

〔錄音結束〕

贏家出爐

「費歐娜・馮斯托？」我開口。費歐娜深吸一口氣，站得更直一些。「費歐娜，妳是名副其實最獨特有創意的創校元老。妳常常不守規矩，但也許世界上守規矩的人已經夠多了，也許這個世界需要更多敢大膽跳出來嘗試的人。那就是妳，費歐娜，每一次，妳都大膽跳出來。」

聽到這裡，她一臉興奮。這就是為什麼我很難接著說完後面的話。

「最重要的是，」我開口，「我想比起讓費歐娜成為其他人，這個世界需要更多獨特有創意的費歐娜・馮斯托。所以我很抱歉，費歐娜。妳不是下一個了不起的波力・芬克。」

費歐娜默默消化箇中含義。接著她轉向狄亞哥，伸出一隻手好像要向他道賀。

「不過等一下。」我說。「我還沒說完。狄亞哥？你是一名強悍的參賽者，也能大方祝賀其他贏家，我相信這表示你具有真正的『阿瑞式』。但是我恐怕必須說，你也非常獨特有創意，是這個世界不能失去的人。狄亞哥，你也不是下一個了不起的波力・芬克。」

狄亞哥一下子恍然大悟，他身後的嘉比喃喃說：「噢——劇情轉折！」

只有法拉畢老師、瑪格和葛博思看起來一點都不驚訝，他們早就知道接下來會如何發展。

「感謝費歐娜，我們不用再把波力的雕像當幸運符。」我接著說。「在我們眼前的是正宗波力·芬克，如假包換的本尊。狄亞哥和費歐娜，請你們將帶來的祭品獻給真正的波力。」

費歐娜交給波力一個牛皮紙袋。狄亞哥交給他一個小盒子。波力看了我一眼。「我應該現在打開來嗎？」他問。

「晚一點再開。」我說。

「所以經過**整場**大賽……」由美開口。

「根本沒有下一個了不起的──」湯瑪斯想接話，但是我舉起一隻手制止他。

「我說的是，費歐娜跟狄亞哥都不是下一個了不起的波力·芬克，但是我們確實找到了下一個了不起的波力·芬克，而且現在就在我們之中。無論是干擾搗亂、出其不意或耍寶搞笑，他都展現了卓越的能力，還有最重要的──他讓我們團結一致。」

我很快瞥了一眼波力·芬克本尊──剛好來得及看到他盯著自己的球鞋，很認真的聆聽。就算想破頭，我也無法猜透他在想什麼。

接著我向法拉畢老師點頭示意。是時候了。

法拉畢老師走進羊欄。他穿梭在咩咩叫的山羊群中，直到找到他要找的那隻：大山羊。臭傢伙。我的頭號死敵。法拉畢老師將繩圈套住牠的脖子，帶牠步出羊欄。

大山羊在途中打了好大一個嗝，大家笑得東倒西歪。就連我都嘴角上揚。我就站在這裡，盡全力擺出嚴肅正經的領導者

樣子，那頭蠢山羊卻要證明我不是。

老傢伙真的是莎士比亞的傻瓜。

我朝大山羊一揮手。「米契爾公民們，請熱烈歡迎：下一個……了不起的……波力・芬克！」

大家鼓起掌來，嘉比大喊：「噢我的老天！贏家是代罪羔羊！不過**太完美**啦！」

波力環顧四周，一臉困惑。「等一下，」他說：「妳剛剛用我的名字幫山羊命名？」

滌淨

波力依照我的指示，將藤蔓串掛在大山羊脖子上。他這麼做的時候，創校元老們開始狂歡。嚴肅的氣氛一掃而空。費歐娜開始跑來跑去擁抱每個人，全班同學湊在一起輪流擊掌互抱。

但是儀式還沒結束。我舉高一手，直到所有人都安靜下來。

「我們都知道我們學校最近很需要一點好運。」我說。「瑪格，古人都怎麼消災解厄呢？」

「替罪者。」她微笑道。是人文課教過的。

「那麼替罪者會為古人帶來什麼？」

「滌淨。」

「謝謝妳，瑪格。」我說。「替罪者帶來滌淨，是一種消災解厄的方法。所以，我想情況應該再明顯不過，但或許仍有必要詳加說明：不會拿樹枝抽打牠。我們會花一點時間摸摸這頭山羊，我們的下一個了不起的波力・芬克。摸牠的時候，請大家想像自己將想驅除的厄運轉移出去。」

法拉畢老師牽著山羊走過創校元老跟前，同學們分別伸手去摸山羊。就連瑪格和葛博思都摸了摸牠。

最後輪到我觸摸山羊。我閉上雙眼，感覺手指梳過頸背上的羊毛。等我摸完山羊，法拉畢老師牽著牠穿越球場。我們跟在後面，並且喊起口號。

怎麼可能不喊一下口號。

一開始我們喊著：「替─罪─者，替─罪─者，替─罪─者！」接著改口喊：「滌─淨！滌─淨！滌─淨！」走在校門進來的地方開始繞圈時，我們已經全都喊起：「**波─力─芬克！波─力─芬克！波─力─芬克！**」

波力──人類那位──晃了晃腦袋。「我都被你們搞糊塗了。」他說。但他咧嘴笑著，而我懂費歐娜說的了。我看到那顆霓虹燈球。

有一輛卡車等在校門口，車子側邊印著**躍羊農場**。有一個女人靠在卡車旁。她的灰白長髮綁成髮辮，穿著寬鬆的連身工作服，頭上戴的藍色棒球帽上面有字樣：**在佛蒙特是號人物。**

法拉畢老師將牽繩交給她。

「回農場去吧你，大麻煩。」她說，邊搔了搔大山羊的頭。她領著下一個了不起的波力・芬克走斜坡板上了卡車。駕車駛離時她向我們所有人揮手，車子駛過好日子鐘前方沿著車道遠離，一陣煙塵飛揚。

全班又開始歡呼。「**凱─琳！凱─琳！凱─琳！**」

整場大賽最開始，他們也是這麼呼喊。他們想說服我來主持大賽的時候，我覺得整件事荒謬極了。或許真的很荒謬，但不表示沒有意義。

大賽結束了，所有人望著我。

「這樣，呃，跟我原本計畫的差不多。」我說。於是他們全都看向波力・芬克。

「別問我。」他說。「我根本不知道發生什麼事。」

　　我們尷尬的杵在原地，靜默半晌。我想大家可以各自回家了，但意識到自己還沒準備好。還沒有。於是我轉向法拉畢老師。

　　「這裡還有另一顆足壘球嗎？」我問。

寫於波力・芬克房間的書桌

　　好啦，你們大概猜得到，我終究會在這個故事現身。等得有一點久，不過我想也該出來跟大家打個招呼了。

　　哈囉。如果是初次見面，那麼幸會幸會。

　　我是波力・芬克。是真正的那一位，不是山羊。

　　我從達富薩寫信給大家——在此鄭重聲明，絕對沒有家家戶戶都有游泳池，或是所有小孩滿十八歲（甚至二十一歲）都有一大筆財產可繼承這回事。差得遠了。

　　但是我們之中有一些人很幸運。

　　如果你讀到這裡，很可能不需要我在這邊寒暄閒聊浪費時間。關於我的事蹟，你想必已聽得滾瓜爛熟不想再聽。那麼我想，我會學習希臘人的精神，講幾個故事，看看後來會變成怎麼樣。

　　以下是一個故事：

　　　　一個學生在升上四年級時轉到新的學校。他算是個「魯蛇」，逼得老師和同學都快發瘋。他每天都闖禍，有時候為了他，全班都被處罰。而且不管他怎麼拚命，都學不會踢足球。從來沒有同學去他家玩過。他覺得，要是他終於消失，很多人都會鬆一大口氣。

　　以下是另一個故事：

　　一位自信滿滿的混亂之神降臨，稱霸全校。他智勇雙全，克敵制勝，大宴賓客，帶領一支沒有人看好的部隊奇襲獲勝震撼全校。在他離開之後，其他人為他立像紀念。大家比賽看誰能成為他的接班人，但是沒有任何凡人能夠做到。

純粹好玩，再說第三個故事：

　　從前有一個被寵壞的有錢人家小孩。他要什麼有什麼，而且他的母親會捐一大筆錢給他要去的任何學校。說實在的，他這樣是能惹多少麻煩？不過，他到哪裡都格格不入。他的母親幫他在加州換了一間又一間學校，然後決定搬回東岸，送他去一間在他們老家宅邸開設的學校。校長不停寫信和打電話給他的母親，他的母親覺得受夠了。她將孩子送到另一個學區。這個學區比較好，她說。他認定全校都會很慶幸他轉到別的學校。換句話說，他也許是傳奇人物，但絕不是什麼英雄。

每個故事都不一樣。每個故事都是真的。

長話短說：朱利烏斯・休威特・梅貝里・歐索普是我的高祖父，他老人家熱愛絲絨西裝，在佛蒙特北部某條河旁邊蓋了一座紡織廠。朱利烏斯在城鎮邊緣修築了一座莊園，沉浸於有許多藏書和雕像環繞的生活。在他之後又有幾代歐索普家的人：保羅・賈維斯・歐索普進一步擴建紡織廠，並且決定在莊

園裡養幾頭鴕鳥當寵物。接著是福勒斯特・詹姆斯・歐索普，比起工廠或城鎮，他更關心自己收藏的裝飾壁毯。工廠數十年來營收節節下降，福勒斯特將紡織事業賣給某個跨國企業換成一大筆現金，然後搬到波卡拉頓，下半輩子都忙著逛拍賣行。該企業接手之後不久，就將整個紡織事業轉移到國外。

福勒斯特的女兒名叫碧翠絲，她跑去加州念藝術，成為雕刻家。她和藝廊老闆吉伯特・芬克結婚，十九個月後又離婚。不過在此之前，他們生了一個孩子。

就是我。波力・芬克。

我媽現在叫作碧翠絲・歐索普・梅斯特森，她的丈夫是馬克・梅斯特森，以前在波士頓一家銀行工作，不過現在在佛蒙特州達富薩市區的狐狸谷咖啡館樓上一間磚牆辦公室工作，專門幫別人理財。

他有一位客戶是退休搖滾明星。

以上這些是要說明（a）我來自一個有很多怪人的家族，以及（b）也許我姓芬克，但我也是歐索普家的人。

我曾跟同學講過這件事。那時他們在看朱利烏斯老人家的肖像，我說：**你們知道嗎，那是我高祖父。**他們的反應是**最好是啦**。我想對他們來說，朱利烏斯的真實程度，就跟葛博思走私香草芳香蠟燭或恩迪里席斯坦共和國差不多。

只不過啊，我這一次剛好說了實話。

如果你讀到這裡——嘿，讀到這裡的話真的要表揚一下——你很可能會問：**到底在搞什麼鬼？**

　　正是數週前我的疑問——大家一直稱為「大結局」的儀式結束之後，我的電子信箱裡忽然冒出一封信，是亨利寄來的。附檔是一份團體報告：**柏拉圖的洞穴、「名聲」、「替罪者」和「滌淨」：在現代佛蒙特的古希臘概念**。裡頭還附了凱琳製作的〈「誰是下一個了不起的波力·芬克」正式紀錄〉，包含數篇訪問逐字稿摘錄和她自己寫下的故事。每個字我都讀了。

　　我得誇獎一下凱琳：她將一切拼湊出來，超棒的。但是她還缺了一個故事：我的故事。

　　別擔心，不是要押著你坐在原地再讀三百頁。面對現實吧：沉默是金（封箱膠帶是銀）。我只是想補上整場大賽缺漏的那部分，也就是那天晚上我回到達富薩，打開費歐娜和狄亞哥送給我的禮物的經過，且聽我道來。

　　狄亞哥送的盒子裡有一塊碎布，螢光綠色，邊緣有咬過的痕跡，還看得出上面殘留的字樣：**贏家**。還有一張紙條：

> **願你永遠都是傳奇，波力。**
> **好友小狄**

　　費歐娜的袋子裡是另一塊碎布。布的顏色跟狄亞哥送的一樣，也有咬過的痕跡。她送的那塊上面也留有字樣：**選出**。

> **希望你永遠都能出奇制勝。**
> **別忘了，名字被叫三次才算惹禍。**
> **永遠永遠永遠的朋友費歐娜**

發現他們不約而同送了我穿過的衣服的一部分時，我笑翻了。但我想我最喜歡的，是費歐娜在紙條上的署名。

其實我一直在想：要是我真的如同他們所形容的，是能影響一切的超強惡作劇之神？是大家在樹下留下紙條求援的對象？

那個版本的波力現在會怎麼做？

讓我告訴你我覺得他會怎麼做：他會讓即將廢校這個糟糕透頂的情勢逆轉。他會想出辦法，讓替罪者真的能夠幫大家消災解厄。

所以了。媽、馬克，泰迪舅舅和辛西雅舅媽，艾莉阿姨和喬佛里姨丈，勞拉阿姨和吉娜維芙阿姨，羅斯舅舅，珍妮佛、托比和漢娜表姊們，塞西爾舅公，蘇珊舅婆，還有收到這封電子郵件的所有人，也就是所有我能聯絡上的歐索普家族成員（我懷疑其中甚至有幾位跟我毫無親戚關係）：

要是我們能夠策動一場終極的惡作劇？

要是我們能夠拯救學校免於廢校？

要是我們能成為嘉比想要相信真實存在的人、那些看見需求之後挺身而出的人？

我的意思是，不是說要出其不意嗎。

希望不大，我知道。但是你知道嗎？我們歐索普家族的人真的是投對胎。綜觀歷史從古到今，我們的運氣都不錯。那麼我們該怎麼利用好運呢？

我想我們可以自己享受就好。也可以假裝自己不是幸運兒──守口如瓶，甚至刻意低調隱藏自己的好運。

　　不過也有其他的作法：我們可以好好運用。不是用來買絲絨西裝、收藏壁毯或養鴕鳥。

　　而是用來拯救一間學校。

　　無論如何，最後我要將鏡頭還給凱琳。交給她來作結，這樣似乎比較公平。前面說到我們全都在米契爾學校。他們才剛把一頭以我的名字取名的山羊送上卡車，目送卡車開走。還記得嗎？很好，就讓鏡頭轉回那一幕。

　　　　獻上誠摯問候，
　　　　咱們後會有期。

　　　　　　　　　　您最忠心赤膽誠意滿滿的，
　　　　　　　　姪子／姪孫／表弟／路人甲／隨便啦
　　　　　　　　波力・朱利烏斯・歐索普・芬克

聚散有時，先玩再說

　　法拉畢老師的身影消失在學校裡時，太陽已垂掛在地平線上。

　　在這麼晚的時間看著學校，感覺真怪。身影拉得比平常習慣看到的還長，在夕陽餘暉照耀下，一切散發不可思議的金色光芒。眼前的景象，老媽看到一定會喜歡：群山，最後一批樹葉飄落地面，萬事萬物似乎都讓人感覺璀璨夢幻。

　　法拉畢老師慢慢跑出校舍，手裡拿著一顆足壘球。「誰想來一場球賽？」他問。

　　大家走向球場途中，我環顧四周。在昏黃的光線下，你看不太清楚一切是如何毀損崩壞。你看不清楚建築物表面斑駁剝落的油漆，或是窗戶玻璃的裂痕，或是在山羊沒到過的地方，荊棘雜草叢生。

　　我的意思是，如果仔細去看，就可以看到。我可以選擇仔細去看，一部分的我甚至想要仔細去看。

　　但是我沒有，不是現在。現在，我看著山姆、小柳和莉迪雅互相挽著手臂，三個人並排走著。我記起開學第一天，我認定這個三人組絕對容不下第四人。但是費歐娜追上去，鑽到莉迪雅和小柳之間，好像沒什麼大不了。四個人並排走著。接著狄亞哥也加入他們。五個人並排。由美也加入行列。六個。然後其他人也加入。七個。十個。

　　大家全都身穿床單罩衫，你幾乎可以把我們想像成從某個

古代時期穿越來到現代。就好像是歷史的一部分，不是今時今日。我忽然領悟：我們就是歷史。此情此景，就是歷史一直以來的樣子：平凡人過他們的日子，在生活中編造故事，希望自己想的沒錯。

眼前的一排這下變成十一個人了：班上所有同學，加上最獨特有創意的傳奇人物波力‧芬克本尊。

「等等。」嘉比說。她一手挽著亨利，另一手挽著由美。「凱琳呢？」她轉過頭，抽出挽著亨利的那隻手，招手要我過去。

我上前站到嘉比和亨利之間的位子。於是，我也成為他們其中一員了。

天色持續不了多久，很快就會暗下來。不久後，太陽就會下山。到時候黑夜會很快降臨，我們會分頭回到各自的家，回到各自的生活，曾發生過的一切，無論是淘汰儀式或大賽，甚至這間學校，最終也會煙消雲散。

但時候未到。還不是現在。

因為現在，我可以感覺到嘉比和亨利的手臂搭著我的左右肩頭，法拉畢老師走在我們前面一點點，隨手拍動讓紅色的足壘球上下彈跳。

現在有一場球賽等著我們，先玩再說。

作者後記

　　《了不起的波力》一書的核心概念是柏拉圖的洞穴寓言，是他在兩千四百年前提出的思想實驗。我將柏拉圖的論點稍微簡化，讓年輕讀者比較好懂，其中精髓大概可以用一句話總結：即使是關於我們確實「知道」的事物，我們也有可能是錯的。現今看來，柏拉圖在數千年前提出的想法仍然相當激進。

　　如果你對柏拉圖的洞穴寓言有興趣，不妨去看看艾勒克斯・詹德勒（Alex Gendler）的TED教育（TED-Ed）影片和相關討論。對哲學有興趣嗎？史蒂芬・魏斯特（Stephen West）的網路廣播節目《這很哲學！》（*Philosophize This!*）很適合入門者收聽。每一集最後，魏斯特都會感謝聽眾當天想要比前一天知道多一點——我覺得是很不錯的目標。

　　離開洞穴，意味著必須檢視我們一直以來聽到的故事，以及這些故事是如何形塑我們對於這個世界的理解和體驗。我希望本書可以作為小小的示範，告訴大家敞開心胸接受全新故事，將會獲得很大的力量。故事本身的發展也仿效說故事在歷史上的發展：例如，角色們原本是口耳相傳，在某個時刻改成書寫。書中探索了不同的故事文類和元素（荒誕故事、喻道故事、寓言、一手資料、新聞報導以及運用修辭手法的致詞講稿），最終更忽然轉向檢視敘事本身。

　　書首的題辭引自艾蜜莉・威爾森（Emily Wilson）的荷馬《奧德賽》英譯本（紐約：諾頓出版，二〇一七年），這個版

本很出色且極富開創性，是首次由女性翻譯的《奧德賽》英譯本。威爾森的譯本以及瑪德琳・米勒（Madeline Miller）的傑作《瑟西》（*Circe*；紐約：利特爾與布朗出版，二〇一八年），皆展現了以嶄新眼光探索古代故事並賦予全新聲音的力量和潛力。還有其他當代學者、作家和思想領袖的著作，也幫助我用批判的眼光重新看待和思考從前所學的那個古希臘故事版本，包括：克瓦米・安東尼・阿皮亞（Kwame Anthony Appiah）、瑪莉・畢爾德（Mary Beard）、喬艾爾・佩里・克里斯坦森（Joel Perry Christensen）、克提斯・多齊爾（Curtis Dozier）、蔡仁瑛（Yung In Chae；音譯）、丹尼爾・孟德生（Daniel Mendelsohn）、丹艾爾・帕迪拉・佩拉塔（Dan-el Padilla Pcralta）、艾瑞克・羅賓遜（Erik Robinson）和唐娜・祖克柏（Donna Zuckerberg）。如想拜讀上述作者的文章，可造訪半學術性線上期刊《幻靈》（Eidolon）網站和《古典》（*Sententiae Antiquae*）部落格。我尤其感謝克里斯多福・洛維爾博士（Christopher Lovell），他是我的明燈，在我有任何古希臘相關問題時以他的專業知識為我指點迷津。

　　費歐娜會說：「**創造歷史的女人沒幾個乖乖牌**」。這句話出自歷史學家蘿瑞・柴契爾・烏爾里齊（Laurel Thatcher Ulrich），她的著作不僅討論不守規矩本身的價值，也討論歷史敘事中哪些人遭到抹殺，而哪些人最後又得以名留青史。

　　法拉畢老師姓氏的靈感來自穆斯林哲學家法拉比（Abū Naṣr al-Fārābī；八七二～九五〇年前後）。法拉比成就斐然，不僅協助保存古希臘文獻，更將之發揚光大。他是新柏拉圖主

義哲學家，在著作中提出哲學具有力量，能夠啟迪靈魂、伸張正義，以及創造更講究美德的社會。借用哲學家法拉比之名，同時也是向多元思想和文化交流以及身為其中一環的古希臘人致意——廣泛的思想和文化交流超越國界，也超越宗教和種族。

致謝

　　謹依序向諸位表達由衷感謝：首先，謝謝Little, Brown Books for Young Readers出版社，謝謝你們的耐心和辛勞，也謝謝你們對我比我對我自己還要有信心。特別感謝文字編輯錢德拉・渥勒伯（Chandra Wohleber）和珍・葛蘭姆（Jen Graham），以及我最英勇的編輯安卓婭・史彭納（Andrea Spooner）。謝謝睿智、篤定、大膽無畏的妳，妳是不折不扣的傳奇人物。

　　也要謝謝我的經紀人好友莫莉・葛里克（Mollie Glick）（妳真是我的貴人）；美麗的莫喬絲・茉莉・本漢（Mojos Molly Burnham）、萊斯莉・康納（Leslie Connor）、賈桂琳・戴維斯（Jacqueline Davies）、莉塔・賈吉（Lita Judge）和葛蕾絲・林（Grace Lin）；感謝讀者們：裴艾彌（Amie Bui；音譯）、麗莎・庫許曼（Lisa Cushman）、瑪莉莎・戴利（Marisa Daley）、達利・肯恩斯（Darlie Kerns）、莫麗・肯恩斯（Molly Kerns）、艾瑪・馬修斯（Emma Mathews）、派普・馬修斯（Piper Mathews）、蕾貝卡・塔克—史密斯（Rebecca Tucker-Smith）及湯姆・瓦德（Tom Wade）；感謝松丘學校（Pine Cobble）全體師生；謝謝喬・柏傑朗（Joe Bergeron）就所有學校政策相關問題給予指點。

　　大大感謝為故事裡部分滑稽橋段提供靈感的各位：艾瑞克・普林茲（Eric Printz），被山羊踩扁過的正宗原創「箱子

人」；艾丹・懷特（Aidan White），差點被自己養的山羊踩扁但僥倖逃過一劫；丹尼爾・柯里（Daniel Currie），對大批果蠅侵擾很有經驗；最會玩史詩級團體鬼抓人遊戲的克魯格（Cruger）一家子；波・雷希（Beau Leahy），在奪旗比賽中發現自己內心的那隻鳥；以及派翠克・麥蓋瑞堤（Patrick McGarrity），躲在我的書桌後面為乏味的工作日帶來歡笑和活力。

　　當然，最後要謝謝我的家人，特別是布萊爾（Blair）、玫莉（Merrie）和夏洛特（Charlotte）。

　　向想比前一天知道多一點的求知欲致敬。向我們之中每個勇敢踏出洞穴的人致敬。

解說暨問題討論

邱獻儀（哲學新媒體專欄作家）

「認識你自己」這句話，相傳是刻在德爾斐阿波羅神廟的三句箴言之一，透過柏拉圖筆下蘇格拉底對這句話的哲學闡釋，貼切的呼應了本書主旨。故事主角凱琳在轉學到米契爾學校的經歷中，學習認識了她自己。

柏拉圖認為，認識自己就是明確知道自己靈魂所愛，因為愛是我們的生命動力，讓我們能夠活出自己的人生。在找到自己所愛之前，我們需要先了解愛的動態結構，才能確保我們找到的是真愛而不是幻影。

愛必有其愛的對象，雖然每個人愛的東西不見得相同，但近乎瘋狂的去追求所愛之物的行徑是一樣的：我們看到了對象中的美、被吸引、進而追求、想擁有它。這就是愛。**柏拉圖說，之所以被特定的美所吸引，到底來說是由我們自己投射出來的，自己所希望成為的樣子。**譬如故事中的費歐娜，她顯然被「強壯又有力量的女人」所吸引，舉手投足都在追求這樣的形象。所以愛其實是我們人生方向的指引，當我們愛上什麼，我們整個人就會為此而活。

不過，我們不總是清楚知道吸引自己的是什麼，也會因為

所處的生活環境、社會氛圍等外在因素等影響而錯愛。**故事中的凱琳，對老同學安娜之態度的前後轉變顯示出這點。轉學前，凱琳以為她自己想要的是「不要跟安娜一樣」，這導致她做出許多為難安娜的行為。**但當她轉學到米契爾之後，透過與毛毛，以及其他同學之間的相處，發現了「照顧毛毛」、「展現真實自我」之中的美，這不僅讓她有辦法回顧先前種種，也改變了她對很多事情的看法，同時也引導她之後的所作所為。**我們可以說轉學後的她，明瞭到自己過往的錯愛，成就了更好的自己。**

故事中的凱琳因轉到新學校，在另類的「人文教育」下，幸運的獲得了自我認識的機會，但辨認真愛無法全憑運氣。**作者在故事中以柏拉圖的洞穴預言向讀者指出，只有當我們對自己習以為常的想法保持距離（走出洞穴）來進行檢視，方可確切知道我們所認知到的究竟是事物的影像，還是真實事物本身。**對柏拉圖來說，囿於洞穴的我們只能看到影像（幻影），出了洞穴則能見到那些投射出幻影的實物，一個被陽光普照的世界，而隨著抽象思考能力的發展，最後能認識太陽本身——一切美善之物的根源。

柏拉圖的洞穴預言象徵著透過心智上的訓練和努力（教育與學習），將我們對世界的認識層層上升，逐步到達真正具有價值的真理領域。停留在幻覺這種虛偽的認識程度所形成的偏見之中，只會浪費生命，因此接受教育對柏拉圖來說至關重要。**走出洞穴的行動不僅意味著獲知真理的機會，更是一種透過世界來認識自己的唯一方式。**

　　認識自己之所以與認識世界密切相關，只因當我們真正的認識世界，我們才能確認我們所愛並非虛幻，進而清楚知曉哪些事物才能真正觸動我們靈魂，引起愛的欲望和行動。**《了不起的波力》這個故事展現了凱琳如何在同學、老師等環繞著她的人事物中，讓她走出原本的洞穴中，認識了真正的世界、認識了她自己，進而追求其所愛。**我們也能預期，隨著年齡的增長、經驗的累積和思辨反省力的提昇，她將能夠真正活出自己來。

問題討論

- 一開始，凱琳預備到這所學校的心情是什麼？為何她一開始顯得有點失望？
- 凱琳為什麼羨慕波力？
- 凱琳討厭新學校的哪些部分，為什麼？
- 本書中，哪位人物讓你最印象深刻，他／她做了哪些「表達自己」或「認識自己」的舉動？
- 就你的閱讀過程中，凱琳是從哪一刻開始覺得不必要再羨慕波力與同學，而是要認識自己？
- 閱讀本書後，關於「認識自己」你有什麼新的體驗？
- 「自己」是會變的嗎？又該改變嗎？

故事館
小麥田 **了不起的波力**

作 者	艾莉‧班傑敏 (Ali Benjamin)	
譯 者	王 翎	
美術設計	鄭婷之	
校 對	呂佳真	
責任編輯	巫維珍	

國際版權 吳玲緯
行 銷 闕志勳 吳宇軒 余一霞
業 務 李再星 李振東 陳美燕
編輯總監 劉麗真
事業群總經理 謝至平
發 行 人 何飛鵬
出 版 小麥田出版
地址：115台北市南港區昆陽街16號4樓
電話：(02)2500-0888
傳真：(02)2500-1951
發 行 英屬蓋曼群島商家庭傳媒股份有限公司城邦分公司
地址：115台北市南港區昆陽街16號8樓
網址：http://www.cite.com.tw
客服專線：(02)2500-7718｜2500-7719
24小時傳真專線：(02)2500-1990｜2500-1991
服務時間：週一至週五09:30-12:00｜13:30-17:00
劃撥帳號：19863813 戶名：書虫股份有限公司
讀者服務信箱：service@readingclub.com.tw
香港發行所 城邦（香港）出版集團有限公司
地址：香港九龍土瓜灣土瓜灣道86號
順聯工業大廈6樓A室
電話：+852-2508-6231
傳真：+852-2578-9337
馬新發行所 城邦（馬新）出版集團【Cite(M) Sdn. Bhd. (458372U)】
地址：41-3, Jalan Radin Anum, Bandar Baru Sri Petaling,
57000 Kuala Lumpur, Malaysia.
電話：+6(03) 9056 3833
傳真：+6(03) 9057 6622
讀者服務信箱：services@cite.my
麥田部落格 http://ryefield.pixnet.net
印 刷 漾格科技股份有限公司
初 版 2022年6月
初版三刷 2024年8月
售 價 380元
版權所有‧翻印必究
ISBN 978-626-7000-44-1
電子書：9786267000472 (epub)
本書若有缺頁、破損、裝訂錯誤，請寄回更換。

The Next Great Paulie Fink by Ali Benjamin
Copyright © Ali Benjamin 2019
Published by arrangement with Foundry
Literary and Media
through Andrew Nurnberg Associates
International Limited
Complex Chinese translation edition
© 2022 by Rye Field Publications,
a division of Cite Publishing Ltd.
All rights reserved.

國家圖書館出版品預行編目資料

了不起的波力／艾莉‧班傑敏（Ali
Benjamin）著；王翎譯. -- 初版. -- 臺
北市：小麥田出版：英屬蓋曼群島商家
庭傳媒股份有限公司城邦分公司發行，
2022.06
面； 公分
譯自：The next great Paulie Fink
ISBN 978-626-7000-44-1（平裝）

874.59 111002144

城邦讀書花園
www.cite.com.tw
書店網址：www.cite.com.tw